U0827087

# 梦里不知身是客

——宋朝词人的诗酒年华——

叶楚桥 著

时代文艺出版社

图书在版编目（CIP）数据

梦里不知身是客：宋朝词人的诗酒年华 / 叶楚桥著.
—长春：时代文艺出版社，2019.11（2020.4重印）

ISBN 978-7-5387-6139-9

Ⅰ. ①梦… Ⅱ. ①叶… Ⅲ. ①宋词－选集－中 Ⅳ. ①I222.844

中国版本图书馆CIP数据核字（2019）第167622号

出 品 人　陈　琛
产品总监　邓淑杰
出版监制　刘　峰
产品经理　刘　璇
责任编辑　杨　迪
装帧设计　黄　懿
排版制作　新兴工作室

本书著作权、版式和装帧设计受国际版权公约和中华人民共和国著作权法保护
本书所有文字、图片和示意图等专有使用权为时代文艺出版社所有
未事先获得时代文艺出版社许可
本书的任何部分不得以图表、电子、影印、缩拍、录音和其他任何手段
进行复制和转载，违者必究

梦里不知身是客：宋朝词人的诗酒年华

叶楚桥 著

出版发行 / 时代文艺出版社
地址 / 长春市福祉大路5788号　龙腾国际大厦A座15层　邮编 / 130118
总编办 / 0431-81629751　发行部 / 0431-81629755　北京开发部 / 010-63108163
官方微博 / weibo.com / tlapress　天猫旗舰店 / sdwycbsgf.tmall.com
印刷 / 三河市万龙印装有限公司
开本 / 787mm × 1092mm　1 / 32　字数 / 211千字　印张 / 10
版次 / 2019年11月第1版　印次 / 2020年4月第2次印刷　定价 / 55.00元

图书如有印装错误　请寄回印厂调换

# 序言

| 一 |

北宋初年，赵匡胤曾宴请一帮禁军将领，笑呵呵地告诉他们："人生苦短，应及时行乐……多置歌儿舞女，日饮酒相欢，以终其天年。"

宋太祖的这句话，说得语重心长，其实意味深长。大家心知肚明，不敢抗旨不遵，只得交出帅印。

这便是"杯酒释兵权"。

"无权一身轻"的开国元勋，索性按照皇帝的旨意，终日饮酒，彻夜笙歌，开始享受大好人生。

文武百官和富豪乡绅也纷纷效仿，全都热衷于纳妾、蓄妓和宴饮，赵氏江山从此繁花似锦、歌舞升平。

于是，文人填词助兴，歌妓唱曲佐酒，成了各类宴饮的标配，这在一定程度上，促成了宋词的兴盛与繁荣。

与唐朝"以诗取士"，诗歌足以改变诗人命运不同，宋词并没有肩负什么特殊使命，更多时候，它只是为了记录心境、抒发感情、体味人生。

即便如此，宋词仍然能够比肩唐诗，同属中国最经典的文学样式。

哪怕远隔千年，那些抑扬顿挫的长调小令，依旧掷地有声，直抵人心。

| 二 |

有一种欣喜，叫微风习习，花带笑意。

“凡有井水处，即能歌柳词。”

柳永，北宋文坛拥有顶级流量的词人，才华横溢，年少成名，科举之路却极为不顺。

大中祥符年间，他首次进京应试。

开考之前，宋真宗特意嘱咐有司，此次选拔，务必多取饱读圣贤书的人，“属辞浮靡者”，一律不得录用。

“词语尘下”的柳永，便第一个出局。

柳永当然不服，直言“才子词人，自是白衣卿相”“忍把浮名，换了浅斟低唱”。

敢跟天子较劲的书生，运气一般都挺差。

几年后，柳永继续参考，成功入围殿试，皇帝却在他的名字旁边，画了一个大大的叉：“要何浮名，且去填词！”

柳永再次落榜。

此后数年，他便以“奉旨填词”为名，流连于花街柳巷、秦楼楚馆，为歌妓填词，给舞女写文案，在坊间极受欢迎。

但柳永对功名的渴望，却一刻未停，天禧、天圣年间，他又多次赶考，次次名落孙山。

直到景祐元年，仁宗开考恩科，放宽录取比例，已近知天命之年的柳永，才得以进士及第。

屡考屡败，屡败屡考，几乎穷尽一生，才谋得功名，柳永的这份欣喜，可想而知。

东郊向晓星杓 [biāo] 亚。报帝里、春来也。柳抬烟眼，花匀露脸，渐觉绿娇红姹。妆点层台芳榭。运神功、丹青无价。

别有尧阶试罢。新郎君、成行如画。杏园风细，桃花浪暖，竞喜羽迁鳞化。遍九陌、相将游冶。骤香尘、宝鞍骄马。

——《柳初新（东郊向晓星杓亚）》

柳含烟，花沾露，绿水青山带笑颜，山川台榭如画卷。

汴京年年都有春天，唯独今年的春色，格外惹眼。

丹青无价，并非鬼斧神工，而是这皇榜之上，终于有了柳永。

## | 三 |

有一种悲苦，叫往事依依，不堪回忆。

贺铸，人称“贺鬼头”，长得又黑又丑，却学富五车，才高八斗，是词坛的多面手，既能豪放，又善婉约，写出来的作品，前赶周邦彦，后超辛稼轩。

他出身高贵，是太祖朝贺皇后的族孙，但因性格刚烈，论事切直，从不攀附权贵，终其一生，都沉沦下僚，郁郁不得志。

好在妻子赵氏，虽贵为皇室宗亲，却勤俭贤惠，善良忠贞。

丈夫当差，小孩年幼，砍柴、舂谷，挑水、织布，她一人担起了全部家务；除夕之日，家中无米下锅，她便当掉祖传的手镯；才到酷暑时节，她就彻夜不眠，开始为贺铸缝制冬天的衣衫……

就这样，数十年来，赵氏始终陪着丈夫一起，相濡以沫，不离不弃，直到因病去世。

多年后，贺铸重返故地，忆起往昔点滴，深感晚年丧妻，犹如梧桐遭霜、鸳鸯失伴，一时悲难自抑：

重过阊[chāng]门万事非，同来何事不同归？梧桐半死清霜后，头白鸳鸯失伴飞。

原上草，露初晞。旧栖新垅两依依。空床卧听南窗雨，谁复挑灯夜补衣？

——《鹧鸪天（重过阊门万事非）》

这首词，与苏轼的《江城子·记梦》一起，被后人称为宋朝“悼亡词”的“双璧”。

末句仅用一个反问，两幅场景，就将痛失爱妻的哀婉凄绝之情，刻画得入木三分。

真正的悲苦，只需三言两语，何用长歌当哭。

## | 四 |

有一种哀愁，叫轻舟难载，欲说还休。

绍兴年间，金兵进犯中原，南宋遍地狼烟。

女词人李清照，先历丧夫之痛，又遭骗婚之辱，国破家亡之际，她孤身一人，四处漂泊，最终在友人的资助下，暂居金华。

暮春时节，风停雨住之后，李清照登上阁楼，放眼望去，满目都是残花枯柳，身前这般凄楚的景象，一如她内心的孤独与悲凉：

风住尘香花已尽，日晚倦梳头。物是人非事事休，欲语泪先流。

闻说双溪春尚好，也拟泛轻舟。只恐双溪舴艋[zé měng]舟，载不动许多愁。

——《武陵春·春晚》

李煜“问君能有几多愁，恰似一江春水向东流”，秦观“春去也，飞红万点愁如海”，还有贺铸“一川烟草，满城风絮，梅子黄时雨”，都是用“有形之物”，来写“无形之愁”，已成经典。

而在李清照的笔下，这份欲说还休的哀愁，不仅可以读出数量，画出形状，还能掂出轻重与分量，实属绝唱。

## | 五 |

有一种无奈，叫“往事已成空，还如一梦中”。故国不能回，愁恨不能免，从南唐国主，到阶下之囚，李煜自有千般悔恨、万分悲哀，只可惜，一切都无法重来。

有一种愧疚，叫“系我一生心，负你千行泪”。思念本无药，无处可逃，漂泊在外的柳永，可以无视半生落拓的凄苦，却抹不去恋人眼角的泪珠。

有一种相思，叫“欲寄彩笺兼尺素，山长水阔知何处”。世界上最遥远的距离，不是天涯与海角，而是我在想你，却不知你身在何处，即便一生富贵的晏殊，也逃不掉这离恨之苦。

有一种不舍，叫“离愁渐远渐无穷，迢迢不断如春水”。为了生计和功名，欧阳修不得不告别恋人，独自远行，明明肝肠寸断，却不敢回首，任由她倚立危阑，盈盈双泪流。

有一种豁达，叫“一蓑烟雨任平生”。风中可吟啸，雨中且踱步，谪居黄州的苏轼，早已将成败得失，看得云淡风轻。

有一种深情，叫“当时明月在，曾照彩云归”。对于仕途失意的晏几道来说，那些缱绻绮丽的往事，才是心中最好的慰藉。

有一种沧桑，叫“一任阶前、点滴到天明”。少年醉酒歌楼，中年浪迹江湖，晚年听雨僧庐，亡国后隐居不仕的蒋捷，尝尽悲欢离合，方知岁月本无情。

有一种孤独，叫“都道晚凉天气好，有明月、怕登楼”。往事如梦，万事皆休，思乡情更怯，不敢望明月，游荡终生、窘困潦倒的吴文英，也只能空负这夜凉好时节。

有一种落寞，叫“欲买桂花同载酒，终不似、少年游”。力主抗金、报国无门的刘过，二十年后重游安远楼，眼见昔日大好河山，如今却荒芜不堪，难免感慨万千。少年豪气为什么会消磨殆尽？不是因为时间和年龄，而是源自家仇与国恨。

## | 六 |

总有一句宋词，能拨动心弦，让人泪流满面。

再细腻的情感，再莫名的思绪，再飘忽的心境，都能被一言说穿，这就是宋词的力量。

读懂了宋词，也就读懂了人生。

但逐字逐句地翻译，枯燥乏味地解释，并不是打开宋词最正确的方式。

诗言志，词言情，情因何起、为何灭，从何来、往何去，诉与谁、谁与共……这些要素，才是读懂宋词的关键所在。

苏轼“小舟从此逝，江海寄余生”写于何地，秦观“郴江幸自绕郴山，为谁流下潇湘去”作于何时，张孝祥为何会“扣舷独啸”，辛弃疾又为何要“栏杆拍遍”？

“直须看尽洛城花，始共春风容易别”，即将进京赴任的欧阳修，为何会对洛阳恋恋不舍？“感月吟风多少事，如今老去无成”，生活刚刚稳定的李清照，为何会伤秋悲春、心灰意冷？“老夫不管春催老，只图烂醉花前倒”，以天下为己任的杨万里，又为何会有如此“佛系”之语？

一切答案，都系于词人一身。

他们自幼成长的家庭，毕生所处的时代，失之交臂的金榜，擦肩而过的爱情，遭遇的所有坎坷，经历的一切幸运，都会变成文字和音韵，一一写进词令。

词人，才是解开宋词的终极密钥。

而这一本书，就是采用“词人 + 作品”的方式，以南唐覆灭、庆历新政、王安石变法、元祐更化、建炎南渡、崖山海战等重大历史事件为背景，演绎全宋 19 位最具代表性词人的传奇人生，写尽悲欢离合、荣辱浮沉以及国仇家恨，带你重回风云变幻的大宋，探究古人的性格与命运，领略文人的气节与风骨，读懂词人的才华与作品。

# 目录

# 李煜

落花流水春去也，一种销魂是李郎

## | 一 |

公元 978 年，开封。

已经降宋三年的南唐后主李煜，正在府邸内对月当歌，宴饮作乐。

胡琴琵琶与羌笛，乐师舞女和歌妓，大宋宴饮的标配，一个都没缺席。

府邸内外，放眼望去，热闹之极。

只是身为亡国之君，李煜三杯浊酒下肚，竟别有一番滋味在心头。

众人起坐喧哗、酒酣耳热之际，他却离开酒桌，登上了阁楼。

凭栏而立，举目四顾，他将目光定在了南方。

醉眼朦胧中，金陵城内的亭台楼阁，雕栏玉砌，仿佛触手可及。

李煜的嘴角，又露出了久违的笑意。

但想到自己身处敌国，忍辱偷生，连挚爱的娇妻都无力顾及，他不禁双眼噙泪，百感交集。

“唉……”

一声长叹后，李煜再无宴饮之兴。

回到卧室，他辗转反侧，久不能寐，便披衣而起，写下一首新作：

春花秋月何时了？往事知多少。小楼昨夜又东风，故国不堪回首月明中。

雕栏玉砌应犹在，只是朱颜改。问君能有几多愁？恰似一江春水向东流。

明净、凝练，优美、清新，却满纸血泪，字字锥心。

正是这首“足当太白诗篇”的《虞美人》，奠定了李煜“词中之帝”的地位，但同时，也给他招来了杀身之祸。

二十天后，七月初七，李煜的生日。

一大早，宋太宗赵光义的特使就敲开了李府大门。

送来的贺礼中，除了金银珠宝、绫罗绸缎，还有皇帝御赐的一樽美酒。

叩拜谢恩后，李煜端起酒杯，一饮而尽。

不到片刻，他便口吐白沫，浑身抽搐，继而倒地不起，蜷成一团，最后头脚相接，气绝身亡。

惨状至此，在场之人，都不忍直视。

这一年，李后主年仅四十二岁。

## | 二 |

公元 937 年，李煜生于金陵（南京）。

当时，他的祖父李昪［biàn］，刚刚称帝建国，史称南唐。

六年后，李煜的父亲李璟即位，是为南唐中主。

李璟共有十位皇子，李煜排行老六。他自幼斯文柔弱，聪明好学，百分之九十的精力都用在诗词歌赋，以及书画琴棋。

至于家国天下、戎马功勋，他几乎没有任何兴趣。

在其他皇子眼里，李煜应该是个很安全的兄弟。

但造化弄人，骨子里佛系到家的李煜，却“丰额骈齿、一目重［chóng］瞳子”，和周武王、晋文公一样，天生就是一副帝王之相。

这可吓坏了长兄李弘冀，虽然已被立为太子，但他看老六还是一百个不顺眼，一万个不放心，分分钟都想让李煜消失在人海。

长得这么刺眼，当地又没有整形医院，李煜只得闲居府中，一心只读圣贤书，两手只写花间词，还将自己的签名改为“钟隐”“钟峰隐者”或者“莲峰居士”，表明自己与世无争，好让太子宽心。

但许多事情，并不以李煜和李弘冀的意志为转移。

959 年，李弘冀病逝，其他四位兄长也早已亡故，按照长幼之序，这皇储的位置，终究还是落到了李煜的头上。

两年后，中主病逝，李煜即位。

上任伊始，李煜做的第一件事，就是派人入宋纳贡，不仅送去大量的金银瓷器、特产珍稀，还亲自修书一封，向赵匡胤狠狠表了一把忠心：

被父兄之荫育，乐日月以悠游，思追巢、许之余尘，远慕夷、齐之高义。

徒以伯仲继殁，次第推迁。……

惟坚臣节，上奉天朝。若曰稍易初心，辄萌异志，岂独不遵于祖祢，实当受谴于神明。……

远凭帝力，下抚旧邦，克获晏安，得从康泰。……

这封《即位上宋太祖表》，简而言之，就是以下几个意思：

我压根没想过要继承大位，年轻时，在父亲和兄长的照顾下，日子过得十分潇洒，只想着这一辈子能够成为巢父、许由、伯夷、叔齐那样的隐逸之人。

无奈几位兄长英年早逝，这东宫之位，是上天硬塞给我的。

我有什么办法，我也很绝望啊。

现在唯一能做的就是，恪守为臣之道，坚决服从宋朝。若有异心，必遭天谴。

希望太祖的恩荫，能继续庇护旧邦，让南唐永得安康。

李煜说到做到，随后数年间，为保南唐周全，他从未停止向北宋朝贡。

不论是天子生日、太后寿辰，还是后宫册妃、赵氏立储，亦或是中秋、重阳和端午，南唐没有放过任何进贡的借口，而且品目越来越多，价值越来越高。

然后，“心安理得”的李煜，继续花前月下、莺歌燕舞：

红日已高三丈透，金炉次第添香兽。红锦地衣随步皱。

佳人舞点金钗溜，酒恶时拈花蕊嗅。别殿遥闻箫鼓奏。

——《浣溪沙（红日已高三丈透）》

晚妆初了明肌雪，春殿嫔娥鱼贯列。
笙箫吹断水云间，重按霓裳歌遍彻。
临风谁更飘香屑，醉拍阑干情味切。
归时休放烛花红，待踏马蹄清夜月。

——《玉楼春（晚妆初了明肌雪）》

## | 三 |

971 年，北宋灭掉了南唐的邻国南汉。

唇亡齿寒，李煜极为恐慌，一边派人前往汴梁，奉上大量珍稀珠宝，一边主动摘掉“南唐”国号，改称“江南国主”，并上书宋太祖，请求罢除“不名之礼”，也就是北宋所有诏书，都可以直呼李煜之名。

自行降级之后，李煜还是不放心，又下令将南唐减制：

改“诏”为“教”，改“尚书省”为“司会府”，“御史台”为“司宪府”，“翰林”为“文馆”……

总之，国家和君王可享受的一切仪制，全都废除。

李煜如此屈膝求稳，让南唐的一帮老臣心里很是不平。

973 年，中书舍人潘佑、户部侍郎李平痛感国运衰败，朝纲不稳，联名写下多道奏折，呈上朝廷，希望李煜亲贤远佞，富国强兵。

但李煜对此充耳不闻。

情急之下，潘佑再写一道《上后主疏》，直言：“臣终不能与奸臣杂处，事亡国之主。”

这话说得，是个帝王都不能忍了。

果然，潘佑、李平等人都获罪入狱，先后自缢身亡。

从此，南唐再无谏臣。李煜的耳旁除了丝竹之乐和吟咏之声，没了任何杂音。

## | 四 |

南唐君臣醉生梦死、苟且偷安之时，野心勃勃的赵匡胤却一刻没有消停。

974 年，宋太祖挥师南下，水陆并进，一路攻城略地，势如破竹，才几个月的工夫，便已夺得南唐大片疆土。

被逼到绝境的李煜，决定背水一战，停止使用北宋年号，改为天干和地支纪年，并披上战袍，亲自督战。

只是一切都太迟了。

除了正面进攻的赵匡胤军队，吴越国王钱弘俶 [chù]，也趁机举兵常州。

李煜极为不解，匆忙写信质问："今日无我，明日岂有君？一旦明天子易地赏功，王亦大梁一布衣耳。"

咱俩一根绳上的蚂蚱，你是不是蹦错了方向！

钱弘俶没有理会，转身就将这封书信递给了北宋朝廷。

赵匡胤又是一道军令，宋军的铁蹄很快便踏过芜湖、当涂等屏障之地，直逼金陵。

万万没想到的是，南唐内殿传诏徐元瑀、刁衎 [kàn] 等人却瞒报军情，谎称敌军已经退去。

就这样，虎狼之师已在城南十里，深宫内的李煜竟浑然不知。

更荒诞的，还在后面。

除了爱好诗词歌赋，书画音律，李煜还信奉佛教，极为痴迷，经常造访寺庙，礼佛烧香，修禅读经，天长日久，自然就荒废了政事。

赵匡胤得知后，派了一个青年僧人，潜入南唐寺庙，伺机接近李煜。

僧人能言善辩，张嘴“六根”“四谛”，闭口“因果”“循环”，很快就在南唐的佛教圈中声名鹊起，成功引起了李煜的注意。

后主对他很是推崇，以为“一佛出世”，亲切地称之“小长老”，终日和他饮茶食斋，谈佛论道。

在“小长老”的推波助澜下，李煜大兴土木，建刹造塔，甚至克扣军饷，终致“府库渐虚，财用益竭”。

宋军攻破金陵外城后，心惊胆战的李煜没有召集文臣武将商讨守城之策，却请出无所不能的“小长老”，让他施展法力，驱赶强敌。

“小长老”登上城墙，装模作样地跳了一通广场舞后，宋兵果然“不战而退”。

李煜大喜，连忙下令，让江宁的僧俗兵士，全都打坐修行，齐念

“佛祖保佑”。一时间，金陵城内诵经之声不绝于耳。

至于兵该怎么练，城该怎么守，李煜早就抛诸脑后。

不到两个月，已经攻陷润州的吴越军队，也逼近江宁，金陵腹背受敌，危在旦夕。

洪州节度使朱令赟，带领十五万大军前往救援，途经安庆皖口，遭遇宋军围歼。

慌乱中，朱令赟改用火油进攻，打得宋军措手不及。

眼看就要大获全胜，风却转了方向，火势反扑，朱令赟当场身亡，其他将领，也无一幸存。

真是天要灭南唐。

皖口之战后，南唐在长江沿线，已无可用兵力，金陵成了孤岛。

李煜派人出使北宋，送上大笔金银，请求赵匡胤缓兵。

宋太祖却一声冷哼：“卧榻之侧，岂容他人鼾睡！”

然后，又增兵十万，再攻江南。

大敌当前，李煜依然将守城的希望，寄托在“小长老”的身上。

“小长老”一通瞎指挥后，南唐损兵折将无数。

李煜这才如梦初醒，处死了这个北宋派来的妖僧。

但浴血奋战的南唐将领终究未能守住江宁。一个月后，金陵沦陷，李煜率文武百官，袒胸露背，出城而降。

至此，南唐彻底灭亡。

## | 五 |

976年正月，李煜被押解至汴梁，封为“违命侯”，拜左千牛卫将军。

同年，赵光义即位后，改封李煜为“陇西公”。

这种毫无意义的爵位加升，当然冲淡不了亡国之恨，李煜心中的耻辱和伤痛无人可诉，无处可言，只得付之笔端，聊以慰藉：

林花谢了春红，太匆匆。无奈朝来寒雨，晚来风。

胭脂泪，相留醉，几时重。自是人生长恨，水长东。

——《相见欢（林花谢了春红）》

无言独上西楼，月如钩。寂寞梧桐深院锁清秋。

剪不断，理还乱，是离愁，别是一般滋味在心头。

——《相见欢（无言独上西楼）》

人生愁恨何能免，销魂独我情何限！故国梦重归，觉来双泪垂。

高楼谁与上？长记秋晴望。往事已成空，还如一梦中。

——《子夜歌（人生愁恨何能免）》

和后主一起被俘入汴梁的，还有他的妻子小周后。

李煜在南唐时，先后有过两位正室，周娥皇以及她的妹妹，史称大周后和小周后。

小周后“美姿容”且“警敏有才思”，年少时便以皇室姻亲的身份，往来于宫中。

当风流多情的李煜遇上“神彩端静”的小周后，有些事情，就会不可避免地发生：

花明月暗笼轻雾，今宵好向郎边去。刬[chǎn]袜步香阶，手提金缕鞋。

画堂南畔见，一向偎人颤。奴为出来难，教君恣意怜。

——《菩萨蛮（花明月暗笼轻雾）》

蓬莱院闭天台女，画堂昼寝人无语。抛枕翠云光，绣衣闻异香。

潜来珠锁动，惊觉银屏梦。脸慢笑盈盈，相看无限情。

——《菩萨蛮（蓬莱院闭天台女）》

当时的周娥皇正卧病在床，对于妹妹和丈夫的恋情丝毫不知情。

直到有一天见到妹妹立在帐前，她才大吃一惊："你何时进宫的？"

小周后年幼单纯，一点没有隐瞒："有好几个月啦。"

知夫莫若妻，想到最近一段时间终日不见李煜露面，大周后的心里，便明白了几分。

本就病入膏肓的周娥皇，一番妒火中烧后，病情迅速恶化。

李煜匆忙赶来，大周后却转过身去，面壁而卧，至死都未回头。

周娥皇病逝，李煜愧疚万分，悲痛欲绝，以致骨瘦如柴，拄杖才能站立。

为悼念亡妻，他写下长篇挽辞《昭惠周后诔[lěi]》，并署名"鳏[guān]夫煜"，感人肺腑，催人泪下：

执子之手，与子偕老。今也如何，不终往告？

吊孤影兮孰我哀，私自怜兮痛无极。

杳杳香魂，茫茫天步，抆血抚榇，邀子何所?

但很快，李煜便续娶了十五岁的小周后，三年后又立她为正室。

对于这位年轻貌美的妻子，他自是百般呵护，万般宠爱。

小周后居住的房间里，不是销金翡翠，就是玳瑁红纱，极尽奢华。

屋外则满栽各种鲜花，花间设有彩画木亭，大小仅容两人。李煜每天都与爱妻对酌其中，赋诗填词，赏花听曲：

铜簧韵脆锵寒竹，新声慢奏移纤玉。眼色暗相钩，秋波横欲流。

雨云深绣户，未便谐衷素。宴罢又成空，魂迷春梦中。

——《菩萨蛮（铜簧韵脆锵寒竹）》

降宋后，小周后被册为“郑国夫人”，按照规定，她必须和其他诰命夫人一起定期朝拜天子和皇后。

每次入宫，小周后都要停留多日，回来后，常常泪流满面，痛哭不止。

李煜过来安抚，她便高声斥责丈夫。

后主默默无语，只得转身离去。

“江南剩得李花开，也被君王强折来”，在北宋的深宫里，小周后到底经历了什么，无从得知。

唯一可以肯定的是，她受了极大的委屈。

堂堂一国之主，寄人篱下、仰人鼻息不说，还受此虐待与折磨，他的内心深处，定是羞愤无比、悔不当初。

南唐旧臣徐铉，经宋太宗允许，曾前去探望后主。

一番抱头痛哭后，李煜坦言：“现在才知道，潘佑和李平，真不该杀啊！”

徐铉不敢有所隐瞒，将后主说过的话全都告诉了赵光义。

加之李煜的新词，“小楼昨夜又东风”“一江春水向东流”，又在汴梁广为传唱，赵光义勃然大怒，深知这个怀念故土的降王绝对不能再留，便在后主生日当天，派人送去一杯毒酒。

李煜身亡后，小周后悲不自胜，终日以泪洗面，不久也郁郁而终，时年二十九岁。

## | 六 |

李煜的身上，只有两个标签，词人和帝王。

作为词人，他无疑是成功的。

李煜的词，以亡国为界，前期缠绵绮丽、温软香艳，后期感慨深沉、意境悠远，虽然只有三十余首留存，却对后世影响颇深。

> 词至李后主而眼界始大，感慨遂深，遂变伶工之词而为士大夫之词。
>
> ——王国维《人间词话》

可以说，李煜上承晚唐，下启两宋，对词这一文学样式的发展，具有继往开来和开疆拓土之功。

作为帝王，他却是失败的。优柔寡断，用人失察，沉迷声色，疏于治国，终是断送了江南的基业。

但从另一个角度说，南唐的毁灭有其历史必然性，大厦将倾，独木难支，亡国这口锅不能让后主一个人背。

自古风云多变幻，不以成败论英雄。

中主李璟时期的南唐，“国削势弱，钱粮空竭”，已经向北宋称臣，降制纳贡。

李煜即位后，对外甘愿卑曲，尊事北宋，对内宽刑罚、轻徭役，让百姓休养生息，南唐才得以偏安十五年。

宋真宗曾问南唐旧臣潘慎修：“都说李煜昏庸懦弱，你怎么看？”

潘慎修回答：“如果真是这样，他何以享国十余年？”

真宗沉默不语。

李煜身亡的消息传至江南，当地父老纷纷聚巷哭泣。

本是亡国之君，为何如此深得民心？

徐铉在后主墓志铭里的一段话，或许可以用来回答：

处兵戈乱世，却有厌战之心，即便孔明在世，也难保江山。仁义已行，道有所存，虽亡国又有何愧。

# 柳永

前半生浪荡，后半生煲汤

## | 一 |

公元 998 年，那个时候，柳永还不叫柳永，叫柳三变。

这天，他和几个小朋友一起参加一位汪老师的家宴。席间，有家姬隔着幕帘歌舞助兴，众人一边吃喝，一边听歌，很是欢乐。

酒过三巡，汪老师兴奋起来，右手往后一捋头发，问在座的各位：“大家有什么才艺吗？再来助个兴。”

“此情此景，我想吟诗一首。”一个虎头虎脑、有点口吃的小子站起来，“啊，太阳当空照……”

“打住，打住。”汪老师连连摆手，“你这一张口，就是千年以后十岁孩童的水准。下一位！”

另一个小伙伴走到屋外，指着远处的池塘，张口就来：“鹅鹅鹅，曲项向天歌……”

“嗯哼，前人嚼过的馍，没什么意思。还有谁？”汪老师环顾四周。

只见三变微微一笑，潇洒地站起身来，高声吟道：

帘内清歌帘外宴。虽爱新声，不见如花面。牙板数敲珠一串，梁尘暗落琉璃盏。

桐树花深孤凤怨。渐遏遥天，不放行云散。坐上少年听不惯。玉山未倒肠先断。

——《凤栖梧（帘内清歌帘外宴）》

全场鸦雀无声，随后，掌声雷鸣。

如果你觉得仅凭一首好词不能说明什么问题，那么三变在游山玩水时写下的《题中峰寺》，眼界开阔，笔法老练，足以证明他是一个“天才少年”：

攀萝蹑石落崔嵬，千万峰中梵室开。
僧向半空为世界，眼看平地起风雷。
猿偷晓果升松去，竹逗清流入槛来。
旬月经游殊不厌，欲归回首更迟回。

## | 二 |

一晃，三变即将成年。

虽然他天赋异禀，才华超群，却身体孱弱，自幼多病。为此，父亲特意将他改名为“永”。

名字一改，好运即来。

成年后的柳永，貌若潘安，才比子建，天天都有媒婆上门牵红线。

小柳同学的日常基本上都是这样：前脚刚进书房，后脚就听到有人喊：“少爷，你妈喊你相亲了。”

“好烦耶！”柳永放下书本，径直走到父亲跟前，“干脆让我娶亲吧，也好安心读书。”

这么逆天的要求，在一千年前却完全是一个正确、正当的决定。

父亲激动得热泪盈眶：“我儿果成大器，明儿我就给你办了。”

第二天，父母带着柳永在一座茶楼内和姑娘家见了面。

姑娘名唤天香，长得花容月貌，美若天仙，直看得柳永两眼放光，口水直咽。

父亲问他：“你意下如何？”

柳永低头不语，双手一个劲地搓着衣角，半响才憋出一句话：“孩儿全凭父母做主。”

话未说完，脸已通红，一扭身便跑出了茶楼。

那边的天香，也娇羞得直跺脚：“讨厌，抢了人家的戏了。”

双方父母哈哈大笑，立刻决定择日完婚。

或许是因为新婚生活太过甜蜜，幸福的柳永动不动就会填词留念，每一首都写得极为香艳，有细节，有画面，让人遐想无限：

长是夜深，不肯便入鸳被。与解罗裳，盈盈背立银釭，却道你但先睡。

——《斗百花（满搦宫腰纤细）》

脱罗裳、恣情无限。留取帐前灯，时时待、看伊娇面。

——《菊花新·中吕调》

最是娇痴处。尤殢檀郎。未教拆了秋千。

——《促拍满路花·仙吕调》

填词写歌，夫唱妇和，如果一直这样下去，柳永的生活必定非常快乐。

但他是个有理想的好青年，身处温柔乡，也没忘了当初的远大志向。

婚后第二年，柳永做出一个决定，告诉父母与爱妻：“世界那么大，我想去看看。”

家人全都表示赞成：“去吧，读万卷书，行万里路，我们支持你。”

用了四五年的时间，柳永遍游苏杭，除了观赏风景名胜，拜会达官贵人，也留下了许多脍炙人口的词令，其中最负盛名的，当然是这首《望海潮（东南形胜）》：

东南形胜，三吴都会，钱塘自古繁华，烟柳画桥，风帘翠幕，参差十万人家。云树绕堤沙，怒涛卷霜雪，天堑无涯。市列珠玑，户盈罗绮，竞豪奢。

重湖叠巘清嘉。有三秋桂子，十里荷花。羌管弄晴，菱歌泛夜，嬉嬉钓叟莲娃。千骑拥高牙。乘醉听箫鼓，吟赏烟霞。异日图将好景，归去凤池夸。

杭州城的富庶、繁荣与奢华，尽显笔下。

有野史记载，金主完颜亮就是因为读到“三秋桂子，十里荷花”之句，才起了“投鞭渡江、挥师南下”之志。

如果传闻属实，柳永的这篇“城市广告文案”，副作用实在太大了。

回到正题，继续写柳永。游学期间，对于家中的娇妻，他自是万般思念：

伫倚危楼风细细。望极春愁，黯黯生天际。草色烟光残照里。无言谁会凭阑意。

拟把疏狂图一醉。对酒当歌，强乐还无味。衣带渐宽终不悔。为伊消得人憔悴。

——《蝶恋花（伫倚危楼风细细）》

不幸的是，等他回到家里，妻子天香却是病入膏肓，奄奄一息。不日，便撒手西去。

想到妻子病重，自己却不见踪影，柳永悲痛之余，更添几分内疚：

留不得。光阴催促，奈芳兰歇，好花谢，惟顷刻。彩云易散琉璃脆，验前事端的。

风月夜，几处前踪旧迹。忍思忆。这回望断，永作终天隔。向仙岛，归冥路，两无消息。

——《愁蕊香引（留不得）》

妻子刚刚离世，媒婆又蜂拥而至。

一年后，柳永娶了第二任妻子，然后，便踏上了漫长而又悲催的科举考试之路。

## | 三 |

1008 年，柳永第一次应试。

作为神童出道的青年才俊，他踌躇满志，自信“定然魁甲登高第”，甚至在进考场前就口出狂言：“如果没有柳永，大宋文坛将会惨不忍睹，尽失半壁江山。”

其他考生听后，心里自是万马奔腾：“你个柳半壁，祝你永生不得及第。”

果然，柳永应声落第。

几杯热酒下肚，他写下一首《鹤冲天（黄金榜上）》：

黄金榜上。偶失龙头望。明代暂遗贤，如何向。未遂风云便，争不恣狂荡。何须论得丧。才子词人，自是白衣卿相。

烟花巷陌，依约丹青屏障。幸有意中人，堪寻访。且恁偎红翠，风流事、平生畅。青春都一饷。忍把浮名，换了浅斟低唱。

这首词很快便流传开来，皇帝阅后大为恼火：“什么？这个柳永，既然对功名爱理不理，那朕就让你高攀不起，填词去吧！”

天子既然发话了，柳永的仕途就等于被判了死刑。

失望、委屈、无助，柳永蹲下身来，抱了抱自己。

许久，觉得抱自己实在没有什么意思，便开始穿梭于花街柳巷，放逐灵魂和身体，终日沉迷。

红得发紫的柳永，最擅长为歌妓量身填词：

心娘自小能歌舞。举意动容皆济楚。解教天上念奴羞，不怕掌中飞燕妒。玲珑绣扇花藏语。宛转香茵云衫步。王孙若拟赠千金，只在画楼东畔住。

——《木兰花（心娘自小能歌舞）》

佳娘捧板花钿簇。唱出新声群艳伏。金鹅扇掩调累累，文杏梁高尘簌簌。鸾吟凤啸清相续。管裂弦焦争可逐。何当夜召入连昌，飞上九天歌一曲。

——《木兰花（佳娘捧板花钿簇）》

酥娘一搦腰肢袅。回雪萦尘皆尽妙。几多狎客看无厌，一辈舞童功不到。星眸顾指精神峭。罗袖迎风身段小。而今长大懒婆娑，只要千金酬一笑。

——《木兰花（酥娘一搦腰肢袅）》

虫娘举措皆温润，每到婆娑偏恃俊。香檀敲缓玉纤迟，画鼓声喧莲步紧。

贪为顾盼夸风韵，往往曲终情未尽。坐中年少暗消魂，争问青鸾家远近。

——《木兰花（虫娘举措皆温润）》

心娘、佳娘、酥娘、虫娘，经柳永这么一包装，一个个身价翻番，通告不断。

暇日游遍妓馆，所至，妓者爱其有词名，能移商换羽，一经品题，身价十倍。

——[宋]罗烨《醉翁谈录》

凭借着这种深得妓心的“私人定制”服务，柳永在青楼间极受欢迎：

不愿君王召，愿得柳七叫；不愿千两金，愿得柳七心；不愿神仙见，愿识柳七面。

终日纸醉金迷，灯红酒绿，这样的人生，哪有什么出路？许多粉丝都在替柳永的前途担忧，纷纷写信相劝，或惋惜，或质疑，或鼓励：

“人生没有梦想，和咸鱼有什么区别？”

“你凭什么浪得那么心安理得？”

“你知不知道，你逛青楼的样子好糟糕！”

“为什么你读了那么多书，却依旧过不好前半生？”

“你有多自律，才有多美好。”

“功名，才是一个男人最大的底牌。”

柳永看后，沉默良久。

虽说这些留言，鸡汤味十足，看一眼都会吐。但他十分清楚，依红偎翠之余写就的词曲，主流文化圈根本不屑一顾，连酷爱填词的宰相晏殊，都直言“淫秽下流”。

“寻花问柳，红袖间行走，终归不能长久。”柳永这样告诫自己。

一个不想中举的书生，不是一个好文人。几天后，他终于想通了，决定要不忘初心，努力过好下半生：

帝里疏散，数载酒萦花系，九陌狂游。良景对珍筵恼，佳人自有风流。劝琼瓯。绛唇启、歌发清幽。被举措、艺足才高，在处别得艳姬留。

浮名利，拟拚休。是非莫挂心头。富贵岂由人，时会高志须酬。莫闲愁。共绿蚁、红粉相尤。向绣幄，醉倚芳姿睡，算除此外何求。

——《如鱼水（帝里疏散）》

嗯，假以时日，我定会时来运转，志得意满。

就这样，此后十余年，柳永又顽强地参加了多次科考，遗憾的是，次次名落孙山。

直到 1034 年，亲政不久的宋仁宗开恩科，年近五旬的柳永，终于金榜题名。

老考童生，童生考到老，专业应试三十年的柳永，立即更新了朋友圈：终于等到你，还好我没放弃。

东郊向晓星杓亚。报帝里、春来也。柳抬烟眼，花匀露脸，渐觉绿娇红姹。妆点层台芳榭。运神功，丹青无价。

别有尧阶试罢。新郎君、成行如画。杏园风细，桃花浪暖，竞喜羽迁鳞化。遍九陌、相将游冶。骤香尘、宝鞍骄马。

——《柳初新（东郊向晓星杓亚）》

## | 四 |

随后，柳永被任命为睦州团练，两年后改任余杭县令。

初至余杭，柳永就一心扑在工作上，文风也有所改变：

晚天萧索，断蓬踪迹，乘兴兰棹东游。三吴风景，姑苏台榭，牢落暮霭初收。夫差旧国，香径没、徒有荒丘。繁华处，悄无睹，惟闻麋鹿呦呦。

想当年、空运筹决战，图王取霸无休。江山如画，云涛烟浪，翻输范蠡扁舟。验前经旧史，嗟漫哉、当日风流。斜阳暮草茫茫，尽成万古遗愁。

——《双声子（晚天萧索）》

这下粉丝们不干了，纷纷质问：“这还是柳公子吗？再不写美女，再不露点香肩，我们就粉转路、路转黑啦。”

柳永没有理会。访贫问苦中，他了解到当地的百姓，大多目不识丁，深感要致富，先读书，便写下一篇《劝学文》：

父母养其子而不教，是不爱其子也。虽教而不严，是亦不爱其子也。父母教而不学，是子不爱其身也。虽学而不勤，是亦不爱其身也。是故养子必教，教则必严；严则必勤，勤则必成。学，则庶人之子为公卿；不学，则公卿之子为庶人。

前半生浪荡，后半生煲汤，这柳大人的文风变化，确实有点让人猝不及防。

文风亲民，作风更感人。

余杭出产藤纸，每年都要向朝廷进贡。柳永实地查看后，深知做工繁琐，耗时巨多，每一张藤纸的背后都是农民的血汗，便吩咐手下：“即使藤纸有盈余，也不可多贡，给纸民让一点利吧。”

1043 年，柳永赴泗州任职。

由于政绩斐然，在泗州呆了不到一年，他便被吏部推荐，去京城参加京师衙门的遴选考试。

这可是天子主持的面试，若成功，仕途自可再进一步。

柳永深晓个中利害，丝毫不敢掉以轻心，各项准备都异常充分，不仅猜题、押题，连面圣时的呼吸，都进行了多次练习。

好在柳大才子智商情商双高，硬是将那场殿试，演绎成了面试的经典案例：

宋仁宗问：“三变的名字不是很好么，为什么要改名？是不是因为先帝不喜欢你，换个马甲又来考试？”

柳永答：“非也。微臣自小多病，应试之前便已改名为‘永’，以期永年。”

仁宗点头：“嗯，其他都是 0，健康才是 1，可以理解。”

柳永则答：“多活几年，才能为社稷多效犬马之劳。另外，‘君子有三变’，微臣恐担不起‘君子’二字，若陛下不喜欢这个名字，微臣改回去就是了。”

仁宗甚为满意：“不用改了，这样挺好。在你的治下，余杭藤纸产量有所提高，却为何不同意增加进贡数量？”

柳永再答：“加量很简单，若继任者纷纷仿效，老百姓就会苦不堪言。为陛下谋利，不如为陛下赢得民心。”

整场面试，柳永答得滴水不漏，谦虚中透着一丝奢华，奢华中又透着一丝低调，惹得宋仁宗发出了一阵阵爽朗的大笑。

自此，柳永和皇上的关系进入了蜜月期：

仁宗颇好其词，每对酒，必使侍从歌之再三。

——［宋］陈师道《后山诗话》

加之参知政事范仲淹的力荐，柳永的职位从此一路走高，先是被提拔为著作郎，授西京陵台令兼永安知县，三年后，又赴太常寺任职。

这期间，柳永仍然保持着良好的作风，嫉恶如仇，敢打敢斗。

永安县有不少官宦子弟，冒用他人名义领取朝廷拨付的补助，导致本该获益的农民只能乞讨为生。

柳永知晓后，将那些不法之人，全都抓进大牢，一一问罪。

被抓的都是官二代，自然十分嚣张，这个说：“我爹是太守。”那个喊：“我舅是丞相。”柳永只回了一句挺押韵的话：“我哥们是皇上。”

瞬间，整个县城都安静了。

## | 五 |

但生活就像一盒巧克力，你永远不知道下一颗是什么味道。

这天，柳永像往常一样，填了一首新词，得意洋洋地献给宋仁宗：

渐亭皋叶下，陇首云飞，素秋新霁。华阙中天，锁葱葱佳气。嫩菊黄深，拒霜红浅，近宝阶香砌。玉宇无尘，金茎有露，碧天如水。

正值升平，万几多暇，夜色澄鲜，漏声迢递。南极星中，有老人呈瑞。此际宸游，凤辇何处，度管弦清脆。太液波翻，披香帘卷，月明风细。

——《醉蓬莱（渐亭皋叶下）》

原以为皇上会照例赏他几朵小红花，然后一起快乐地玩耍。没想到仁宗阅后，勃然大怒：“‘波翻’是几个意思？你给我有多远滚多远。”

真是聪明一世，糊涂一时，“翻”字自古就是皇家大忌，柳永却主动撞上枪口，一下子被“滚”出了京城。

离开汴京之时，自有红颜知己前来送行。看着她泪眼婆娑的模样，柳永也难掩离愁，当场作词一首：

寒蝉凄切。对长亭晚，骤雨初歇。都门帐饮无绪，留恋处、兰舟催发。执手相看泪眼，竟无语凝噎。念去去、千里烟波，暮霭沉沉楚天阔。

多情自古伤离别，更那堪、冷落清秋节！今宵酒醒何处？杨柳岸、晓风残月。此去经年，应是良辰好景虚设。便纵有千种风情，更与何人说？

这便是千古传诵的《雨霖铃》，果真缠绵悱恻，哀怨动人。

此后数年间，柳永一直在苏、杭等江南各州之间“滚来滚去”，仕途上不如意，便愈发地思念故乡和妻子：

对潇潇暮雨洒江天，一番洗清秋。渐霜风凄紧，关河冷落，残照当楼。是处红衰翠减，苒苒物华休。惟有长江水，无语东流。

不忍登高临远，望故乡渺邈，归思难收。叹年来踪迹，何事苦淹留。想佳人妆楼颙望，误几回、天际识归舟。争知我，倚阑杆处，正恁凝愁！

——《八声甘州（对潇潇暮雨洒江天）》

薄衾小枕凉天气，乍觉别离滋味。展转数寒更，起了还重睡。毕竟不成眠，一夜长如岁。

也拟待、却回征辔；又争奈、已成行计。万种思量，多方开解，只恁寂寞厌厌地。系我一生心，负你千行泪。

——《忆帝京（薄衾小枕凉天气）》

直到1050年，年近七旬的柳永，才得以调回汴京，任屯田员外郎，次年退休。

多年沉沦下僚，柳永早就将成败得失，看得云淡风轻，后期所填的词曲，除了写写如画风景：

拆桐花烂漫，乍疏雨、洗清明。正艳杏烧林，缃桃绣野，芳景如屏。倾城。尽寻胜去，骤雕鞍绀幰出郊坰。风暖繁弦脆管，万家竞奏新声。

盈盈。斗草踏青。人艳冶、递逢迎。向路傍往往，遗簪堕珥，珠翠纵横。欢情。对佳丽地，信金罍罄竭玉山倾。拚却明朝永日，画堂一枕春酲。

——《木兰花慢（拆桐花烂漫）》

便是表露有意归隐：

向深秋，雨馀爽气肃西郊。陌上夜阑，襟袖起凉飙。天末残星，流电未灭，闪闪隔林梢。又是晓鸡声断，阳乌光动，渐分山路迢迢。

驱驱行役，苒苒光阴，蝇头利禄，蜗角功名，毕竟成何事，漫相高。抛掷云泉，狎玩尘土，壮节等闲消。幸有五湖烟浪，一船风月，会须归去老渔樵。

——《凤归云（向深秋）》

约1053年，定居江南的柳永患上重疾，自知大限不远，回首往事，思绪万千，便写下一首《传花枝（平生自负）》，小结了一下人生：

平生自负，风流才调。口儿里、道知张陈赵。唱新词，改难令，总知颠倒。解刷扮，能嗬嗽，表里都峭。每遇著、饮席歌筵，人人尽道。可惜许老了。

阎罗大伯曾教来，道人生、但不须烦恼。遇良辰，当美景，追欢买笑。剩活取百十年，只恁厮好。若限满、鬼使来追，待倩个、掩通著到。

同年盛夏，一代风流才子柳永，卒于润州。

| 六 |

柳永是风流的，天性使然，环境使然。唐宋文人大多如此，不能苛求他一人免俗。

柳永也是任性的，毕生爱填“浮糜香艳”之词，虽颇受鄙薄，却大力革新宋词，让词的交流传播从文人士大夫中跳出来，走向市井和平民百姓，变成了“凡有井水处，即能歌柳词”。

这种任性，又何尝不是一种坚持。

但柳永出身官宦家庭、书香门第，他更看重的是另一种坚持，那便是入世和出仕。

柳永一生，屡次应试，暮年方能及第，为官后也颇有政绩。

但直至终老，他都困于下僚，落魄潦倒，一直未能实现“兼济天下”的宏愿。

甚至在死后，迟迟无钱下葬，家人只得将他的灵柩暂放于镇江的寺庙。

可悲，可叹。

二十年后，王安石的四弟、润州太守王安礼，才将柳永安葬于北固山下。

山后，唯有长江水，无语东流。

墓前，歌妓舞女秉烛载酒，凭吊者无数。

---

注释：由于正史对柳永几无一字记载，柳永生卒年份、生平经历及诗词创作时间均有多种版本传世，本文的部分内容参考了简雪庵先生所著《晓风残月柳永传》（作家出版社 2016 年版），特此致谢。

# 范仲淹

一 代 贤 相 ， 前 后 绝 伦

## | 一 |

北宋，大中祥符年间，一位名叫朱说 [yuè] 的小青年，正站在母亲身边，泪流满面。

就在刚刚，母亲和他有过一段触及思想、触及灵魂，且终将改变命运的对话。

朱母问:“你今年多大？”

这还是亲生的吗！朱说抬起自己的问号脸，却见母亲正襟危坐，不像是在开玩笑，只得躬身作答:“孩儿今年二十有三。”

“时间过得真快啊。”朱母长叹一声，“这个年纪，王曾已经‘连中三元’，晏殊已官拜翰林学士，柳永虽未及第，却凭借‘钱塘自古繁华，参差十万人家’名扬天下，而你既无功名，又无才名……”

朱说满脸发烫，羞愧万分。

“你的同龄人，正在抛弃你。”朱母一边感慨，一边煲汤，“别在最应该奋斗的年纪，选择安逸！”

朱说赶紧跪下，连声称错。

“有件事，是时候告诉你了。”朱母站起身，一字一顿，“你是我亲生，却并非朱家后人。你本姓范，名仲淹，生父范墉，二十年前便已病故。”

晴天霹雳。

朱说一下子愣在原地，泪如雨滴。

痛定思痛，知耻而后勇，为了尽快安慰母亲，当天，范仲淹就记下生辰八字，走进了村头的半山寺。

他问住持：“日后我能登上相位吗？”

好大的口气！住持虎躯一震，双目微睁，打量了一番眼前的人，果断给出结论：“不行！”

小范不甘心，再次询问：“那做一名良医呢？”

住持有点吃惊：“万般皆下品，唯有读书高，郎中会不会卑微了些？”

范仲淹微微一笑：“只要能够泽被苍生，造福于民，良医与良相，都一样。”

住持掐指一算，摇了摇头：“还是不行啊！”

范仲淹有些惆怅，但并不失望。

他对自己充满了信心，此生不为良相，便为良医。

## | 二 |

此后，范仲淹便辞别母亲，寄居在醴 [lǐ] 泉寺，头悬梁，锥刺股，备战科举。

他住在僧舍，每晚煮上半碗米，熬成一小锅粥，凝固后切成四块，拌上腌菜，一餐啃一块，既省时间又省金钱。

时任监察御史的姜遵回乡后听说此事，专程赶往醴泉寺，见了范同学一面，当场就断言：“年虽少，奇士也。他日不惟为显官，当立盛名于世。”

事实证明，姜大人的麻衣相术明显要高于半山寺里的住持。

到了河南的应天书院，范仲淹继续发扬特别能吃苦、特别能读书的精神，每天用来果腹的，依旧是醴泉寺的那个小发明。

同学中有个豪门子弟，特意送来美味佳肴，范仲淹却放置一边，直至发霉变烂，都没有瞧上一眼。

同学不解：“家父听说你生活清苦，让我送上食物，你为何不感兴趣？”

范仲淹回答：“不是我不知好歹，而是尝过了山珍海味，就吃不惯粗茶淡饭了。”

同学的父亲听到这个答案，捏了捏儿子胖乎乎的脸蛋，终于明白，有一种孩子，叫作别人家的孩子。

公元 1013 年，宋真宗驾临河南商丘，全城的达官贵人，平民百姓，都从四面八方涌来，只为一睹帝王风采。

应天书院也不例外，那些渴望成为“天子门生”的读书人，都齐刷刷地奔向城门，静候九五之尊。

唯独范仲淹一人，和往常一样，坐在学堂内，读书习文，吟诗抚琴，淡定得让人不敢相信。

有同学忍不住打听原因，范仲淹头也没抬，冷冷地回了一句：“日后成为国之栋梁，面圣自然就是日常！”

好大的口气！同学们全都嗤之以鼻。

但后来证明，范仲淹的预言，也比半山寺的住持要准。

## | 三 |

功夫不负有心人，1015 年，范仲淹进士及第，被授职广德军司理参军，正式踏入了仕途。

也就是从这个时候开始，不管是高居庙堂，还是沉沦下僚，范仲淹始终心系苍生、忧国忧民，“以天下为己任”。

1021 年，范仲淹调任泰州西溪，管理盐政。

眼见当地百姓，饱受水灾之苦，他便上书江淮发运使张纶，建议重修捍海堰。

虽是越级加越职，此番言论，却得到了张纶首肯，在他的推荐下，范仲淹担任兴化县令，全面负责筑堤工程。

不久，母亲病逝，范仲淹按例守制。服丧期间，他做了两件大事。

一是受晏殊之邀，管理应天书院，每天足不出户，专心钻研学术：

> 日于府学之中，观书肄业，敦劝徒众，讲习艺文，不出户庭。
>
> ——晏殊《举范仲淹状》

二是写下洋洋万言的《上执政书》，成功引起了时任宰相王曾的注意。

加之晏殊在仁宗面前极力美言，称范仲淹聪明勤奋，文采出众，丁忧期满后，范校长又被启用为秘阁校理，当上了皇家图书馆的管理员。

这是一个安静的职位，却遇上了一个不安静的人。

此时的宋仁宗已过弱冠之年，但“垂帘听政”的刘太后依旧掌控着军政大权。

1029 年冬，刘氏为了彰显自己的绝对权威，准备让天子率领文武百官，在朝堂之上为其庆贺寿诞 。

迫于刘氏淫威，满朝官员都敢怒不敢言。

“砰！”低等小吏范仲淹，却反手就是一道奏折，砸得前宫后殿，嗡嗡作响：

奉亲于内，自有家人礼，顾与百官同列，南面而朝之，不可为后世法。

——[元]脱脱《宋史》

天子为母亲祝寿，自有家族的礼仪和规格，若与百官一起，朝拜太后，这可就坏了规矩。

皇室还没来得及反应，耿直中年范希文，又扔出了第二颗炸弹，直接喊话刘太后，请她还政于仁宗：

岂若保庆寿于长乐，卷收大权，还上真主，以享天下之养？

——《乞太后还政奏》

这简直就是一篇檄文，是可忍孰不可忍，刘太后立刻颁下懿旨，让范仲淹滚出了京城，任河中府（山西永济）通判。

虽然被贬，范仲淹的这份勇气却让同僚们敬佩不已。出城那天，竟有多名重臣前来送行，纷纷称赞“范君此行，极为光耀。”

处江湖之远，则忧其君。范仲淹外放三年间，时刻关注着京城的朋友圈，一旦发生热点事件，立刻直言进谏。

刘太后大权在握，任免官员相当任性，经常绕过枢密院和政事堂颁布诏令、提拔亲信，范仲淹婉言相劝：“违规用人，不是太平之政啊！”

朝廷要废除“职田养廉”，范仲淹坚决不同意：“官员缺田少地，吃不饱穿不暖，就会越来越贪，咋办？”

仁宗想修缮昭应宫和寿宁宫，范仲淹甚至出言相讥：“皇上，那两座宫殿刚刚遭受雷劈，您身为天子，不能跟老天对着干啊！”

……

如此越级越权，直话连篇，朝廷自然不会采纳，但范仲淹的一片忠心，还是感动到了仁宗赵祯。

1033 年，刘太后病故，范仲淹便领诏回京，担任右司谏，专门负责找茬和挑刺：

掌讽谕规谏，凡朝廷阙失，大事廷诤，小事论奏。

不得不说，能把范大人安排到这个岗位，足见宋仁宗任人唯贤，知人善用。但是问题来了，皇帝老儿，您这心得有多大啊！

果然，还没度过蜜月期呢，范仲淹就准备搞事情了。

掌权后的宋仁宗，开始否定刘太后的种种，大臣们在议事之余，也对刘氏的做法颇有微词。

倒是这个范仲淹，曾对太后有过口诛笔伐，现在却提醒陛下，太后受命于先帝，调教辅佐天子十余年，不能过于苛责，应当“以全后德”。

仁宗认为言之有理，马上诏令群臣，不得“论太后时事”。

江淮、京东遭遇旱灾、蝗灾，百姓颗粒无收，食不果腹。范仲淹忧心忡忡，多次上书朝廷，请求赈济灾民，仁宗却置若罔闻。

情急之下，范仲淹闯入内廷，当面质询赵祯：“若宫中停食半日，又当如何？”

仁宗一惊一愣一思忖，立即决定，派遣范大人巡视灾区，安抚百姓。

刘氏驾崩后，仁宗想立杨太妃为皇太后，参与决策军国要事。

范仲淹听后，连忙制止：“太后刚死，又立新后，天下人会怀疑陛下不可一日无母后相助。”

您贵为天子，少了太后就不能活吗？

一语惊醒梦中人，宋仁宗立刻收回了这个很傻很天真的决定。

仁宗与郭皇后闹矛盾，皇后失手打了仁宗一巴掌。素与郭氏有隙的吕夷简，便抓住这个机会，力劝皇帝废后。

范仲淹和其他大臣，纷纷上书劝阻，称废后“皆前世昏君所为”。宋仁宗却铁了心，要让后宫易主。

范仲淹见所奏之本毫无反应，准备第二天上朝，当面请求皇帝收回成命。

次日，刚刚走到待漏院，他便接到诏书，被贬为睦州太守。

第二次离京，依旧有人前来送行，握手言别时，大家都说："范君此行，愈觉光耀。"

历尽苦难，痴心不改。到任后，范仲淹在《谢表》中，仍然不忘提醒仁宗，皇后可以安于别宫，但千万不能废黜：

前古废后之朝，未尝致福。

乞存皇后位号，安于别宫……俟其迁悔，复于宫闱。

在睦州，范仲淹重修严子陵祠堂，建龙山书院，政务之余，寄情山水，留下了不少诗文名句：

江上往来人，但爱鲈鱼美。

君看一叶舟，出没风波里。

——《江上渔者》

仲淹来守是邦，始构堂而奠焉，乃复为其后者四家，以奉祠事。又从而歌曰："云山苍苍，江水泱泱，先生之风，山高水长！"

——《严先生祠堂记》

半年后，他调任苏州，因治水兴学有功，次年便应召回京，任职国子监，不久，又擢升为吏部员外郎，兼任开封知府。

主政京城，范仲淹整顿吏治，改善民生，以过硬的政绩，赢得了五星好评："朝廷无忧有范君，京师无事有希文。"

仁宗也很高兴，不仅仅因为天子脚下"肃然称治"，更是因为范仲淹当上开封知府后，公务繁忙，“不暇他议”，奏折明显少了许多。

但确定一定以及肯定的是，他高兴得太早了。

1036年，似乎安静了好久的范仲淹，突然向朝廷献上一幅“百官图”，将朝廷官员升迁调免的原因，分类梳理，逐一标记，抨击宰相吕夷简卖官鬻[yù]爵、扰乱朝纪。

随后，余靖、尹洙、欧阳修等官员也上书朝廷，希望仁宗任免官员，不能“全委之宰相”。

作为一个官场老狐狸，吕夷简瞬间就给予了回击，在替自己诡辩的同时，他指责范仲淹“越职言事，荐引朋党，离间君臣”。

好吧，仅仅一个关键词“朋党”，就足以让仁宗心里发慌。

数日后，范仲淹被降职远放，担任饶州知府。

这一次，同僚的临别寄语是：“范君此行，尤为光耀。”

三说“光耀”，范仲淹听后，都只是微微一笑。他不惧怕降职远调，也不在乎“行止光耀”，他最关心的，永远都是君王、朝廷和百姓。

正如他在《剔银灯·与欧阳公席上分题》中所说：

昨夜因看蜀志。笑曹操、孙权、刘备。用尽机关，徒劳心力，只得三分天地。屈指细寻思，争如共、刘伶一醉。

人世都无百岁。少痴骙[ái]、老成尪[wāng]悴。只有中间，些子少年，忍把浮名牵系？一品与千金，问白发，如何回避。

人都活不过百岁，少年时癫狂无知，老了又羸弱体衰。只有中间那段黄金岁月，怎能用来追求功名利禄？

## | 四 |

1040年，西夏人李元昊称帝，起兵犯境，一路攻城略地，打得北宋朝廷措手不及。

危难时刻，宋仁宗又想起了范仲淹，匆忙召其回京，任为陕西经略安抚副使，主政延州。

临危受命的范爱卿没有让宋仁宗失望。

在前线，他筑城屯田，布防设险，练兵选将，连续打赢了几场硬仗。

刀光剑影之余，还顺便舞文弄墨，写下几篇感怀之作：

塞下秋来风景异，衡阳雁去无留意。四面边声连角起。千嶂里，长烟落日孤城闭。

浊酒一杯家万里，燕然未勒归无计。羌管悠悠霜满地。人不寐，将军白发征夫泪。

——《渔家傲·秋思》

碧云天，黄叶地，秋色连波，波上寒烟翠。山映斜阳天接水，芳草无情，更在斜阳外。

黯乡魂，追旅思，夜夜除非，好梦留人睡。明月楼高休独倚，酒入愁肠，化作相思泪。

——《苏幕遮·怀旧》

三年后，李元昊兵败，向赵祯俯首称臣。范仲淹也因出色的军事才能，当上了北宋军队的副总司令（枢密副使）。

接着，欧阳修、蔡襄等四名谏官联名向皇帝举荐，说范仲淹有宰相之才。

仁宗表示深有同感，拟任他为参知政事。

范仲淹却推辞不受，理由是："哪有宰辅之位，是通过谏官得来的！"

直到两个月后，参知政事王举正被免，宋仁宗又一次表示出强烈的求贤意愿，范仲淹这才进了政事堂，当了副宰相。

同年九月，宋仁宗以北宋帝王礼贤国士的最高规格，在天章阁召见范仲淹，向其咨询军政要事。

范仲淹极为感动，写下了《答手诏条陈十事》。除"府兵法"外，其他九条建议都得到了仁宗支持，很快便在全国推行，这就是"庆历新政"。

一年后，范仲淹再次上书朝廷，内容涉及科举、恩荫、职田、徭役等多项制度，由于改革力度过大，触犯了贵族官僚的利益，他们便联手反击，以"朋党"之论抨击范仲淹、欧阳修、富弼等人。

新政受阻，范仲淹主动请求外放，先是巡守边疆，后又任职邓、杭。

在邓州，他应好友滕子京之邀，写下了《岳阳楼记》：

予尝求古仁人之心，或异二者之为，何哉？不以物喜，不以己悲；居庙堂之高则忧其民；处江湖之远则忧其君。是进亦忧，退亦忧。然则何时而乐耶？其必曰"先天下之忧而忧，后天下之乐而乐"乎。噫！微斯人，吾谁与归？

"不以物喜，不以己悲""先天下之忧而忧，后天下之乐而乐"等经典之言，由此成为儒家思想的新标杆。

在杭州，家人提议购置田宅，在西湖边安定下来，范仲淹断然不肯，反而拿出全部家当，成立了中国历史上第一个非宗教性民间慈善组织——“范氏义庄”，造福乡里，恩泽四方。

1052 年，范仲淹调任青州，因病重改请颍州，尚未到任，便与世长辞，享年六十四岁。

## | 五 |

“自古一代帝王之兴，必有一代名世之臣。”宋仁宗在位时，“四海雍熙、八荒平静，士农乐业、文武忠良”，范仲淹等一众贤臣，功不可没。

他正直且勇敢，身在仕途，却无惧权贵，面对不平之事，均直言不讳。

友人善意提醒，他依然不改初心，坚信效命朝廷，当危言危行，绝不逊言逊行，有益于社稷民生之事，必定秉公直言，虽有杀身之祸也在所不惜。

“景祐党争”期间，他得罪了吕夷简，遭受谪贬，差点死在岭南。

梅尧臣曾作《灵乌赋》，劝范仲淹停下笔，管住嘴，不要“招唾骂於邑闾”。

他却回了一篇同题文，坦言：“宁鸣而死，不默而生。”铿锵有力，掷地有声。

他是言语上的巨人，更是行动上的硬汉。年轻时敢于“越职言事”，外放后不忘“忧国忧民”，即便当上了参知政事，成为了天子近臣，依然“每感激论天下事，奋不顾身”。

也正因如此，后世之人才给了范仲淹几近于完美的评价：

在布衣为名士，在州县为能吏，在边境为名将。

——元好问

出为名相，处为名贤；乐在人后，忧在人先。

——苏轼

这就是范仲淹，一代贤相，前后绝伦。

# 晏殊

论炫富的正确姿势

|一|

炫富有风险，操作需谨慎。

北宋有位书生，名叫李庆孙。他最喜欢做的事，就是将衣食住行、生活起居全都写进诗句，然后告诉别人他活得多么滋润。

比如这首《富贵曲》：“轴装曲谱金书字，树记花名玉篆牌。”字里行间，金牙满嘴，鼻孔朝天。

同样生活在北宋的晏殊，却对这种画风极不认同：“此乃乞儿相，未尝谙富贵者。”

你就是个丐中丐，还拽什么拽。

受到晏殊鄙视的，还有诗人寇准。

他曾写过两句小诗：“老觉腰金重，慵便枕玉凉。”满纸的珠光宝气，矫情到让人窒息。却不知，太露即太俗，用力过猛，只会适得其反。

晏殊就毫不留情地指出，这样的诗句“未是富贵语”。

不是晏殊太高傲，而是论起富贵来，他的确眼光独到，技艺高超。

“余每言富贵，不言金玉锦绣，唯说气象。”比如“楼台侧畔杨花过，帘幙中间燕子飞”，还有“梨花院落溶溶月，柳絮池塘淡淡风”，穷人家能有此景致吗？

上面这段文字，换句话说就是：做人要看气质，炫富要论格局。

晏殊是北宋著名词人，地位显赫，生活优越，他的词作里，虽有一股浓郁的富贵气息，却不沾世俗，不惹铜臭：

小阁重帘有燕过。晚花红片落庭莎。曲阑干影入凉波。

一霎好风生翠幕，几回疏雨滴圆荷。酒醒人散得愁多。

——《浣溪沙（小阁重帘有燕过）》

小径红稀，芳郊绿遍。高台树色阴阴见。春风不解禁杨花，濛濛乱扑行人面。

翠叶藏莺，朱帘隔燕。炉香静逐游丝转。一场愁梦酒醒时，斜阳却照深深院。

——《踏莎行（小径红稀）》

这就叫格局，这才是气象。

## | 二 |

殊者，不同也。这个晏殊，真的很不一样。

他被称为“富贵词人”，却出生在一个普通家庭。父亲晏固，是衙门里的小吏，收入微薄，只能勉强维持生活。

相传五岁之前，晏殊脚不能走，口不能言，直到有一天，看到水鸟留在沙滩上的脚印，他突然一个踉跄跑过去，指着地面告诉父亲：

“看，这是字。”

“神童”之名，从此传遍乡里。

公元 1004 年，北宋大旱，张知白安抚江南。

他听说临川有个天才少年，召来一试，果然名不虚传，便立即向朝廷举荐了晏殊。

随后，晏同学以“特长生”的身份，顶着让人不敢直视的加分，直接杀进了那一年的殿试。

垂拱殿上，十四岁的晏殊，神情自若，才思泉涌，应试之文，一挥而就。

皇帝特别兴奋，马上赐他同进士出身。

晏殊感激涕零，正准备跪拜谢恩，宰相寇准突然发声：“晏殊乃长江以南之人，不可重用！”

另一位头发花白的老臣，也随声附和：“对，太祖有训，‘南人不得坐吾此堂’。”

明目张胆地地域黑，让晏殊哭笑不得。

宋真宗却反问两位大臣：“前朝名相张九龄，不也是江外之人吗？”

寇准等人，一时语塞，只得退下作罢。

两天后，朝廷复试新科进士，晏殊又上了热搜。

拿到试题后，他语出惊人：“陛下，三年大考，五年模拟，微臣曾做过此题，请换套试卷考我吧。”

这份坦荡实诚，让真宗异常高兴。复试刚结束，他就立即下旨，任命晏殊为秘书省正字。

就这样，因为人品爆棚和才华出众，晏殊成为了那年国考最大的黑马。

真宗皇帝对晏殊似乎特别有兴趣，破格录用后，还专门安排一个官员暗中观察他的行踪。

此时的北宋，刚刚经历“咸平之治”，国库充裕，百姓富足，上至达官贵人，下至庶族黎民，都爱宴游作乐。

唯独这个晏殊不走寻常路，终日将自己关在家中，大门不出，二门不迈，一心只读圣贤书，两耳不听靡靡音。

真宗听说后，惊讶万分，马上召来晏殊，要表彰他的德行。

晏殊却满脸正色：“微臣不是不喜欢宴游，而是贫穷限制了自由啊。”

如此直言不讳，淡定从容，让晏殊再一次受到重用，不久，即迁太常寺奉礼郎。

自此，皇帝与晏殊的关系，愈发亲近。

大中祥符年间，晏父病逝。按照惯例，身为人子，晏殊必须辞去官职，为父守制。

但丧期未满，真宗竟然一纸诏书，将晏殊召回京城，担任贴身秘书。

圣上每次询问政事，晏殊都把自己的建议，写在方块纸上，口头答复完毕，再将底稿呈上。心思这般缜密，甚合真宗之意。

不久，晏母去世。晏殊特意拜见皇上，恳求守孝期满，再行授职，竟被真宗当场拒绝。

这在尊崇礼制、恪守孝道的古时，简直就是无法想象的事。

史书上没有记载，当时的真宗是以什么样的理由驳回了晏殊的诉求。

唯一能确定的是，此后的晏殊，平步青云，扶摇直上，先是任太常寺丞，后升为户部员外郎，做了太子舍人、知制诰、翰林学士。

公务之余，志得意满的晏殊也是笔耕不辍，佳作频出：

槛菊愁烟兰泣露。罗幕轻寒，燕子双飞去。明月不谙离恨苦。斜光到晓穿朱户。

昨夜西风凋碧树。独上高楼，望尽天涯路。欲寄彩笺兼尺素。山长水阔知何处。

——《蝶恋花（槛菊愁烟兰泣露）》

一向年光有限身。等闲离别易销魂。酒筵歌席莫辞频。

满目山河空念远，落花风雨更伤春。不如怜取眼前人。

——《浣溪沙（一向年光有限身）》

直至宋真宗病逝，晏殊的好运依旧没有停止。

1022年，十三岁的太子赵祯即位，是为仁宗。新皇年幼，太后刘氏权理朝政。

当时，宰相丁渭、枢密使曹利用等人经常以单独面见太后、多有不便为由，擅自处理军政要事，从而把持朝政，大权独揽。

刘氏孤儿寡母，势单力薄，虽为皇族，却也奈何不得。

晏殊倒想出了一个好主意："臣子有事启奏太后，太后可垂帘听之。"让丁渭之辈知难而退。

权力再次回到皇室手中，晏殊也深得太后倚重，先是调任右谏议大夫兼侍读学士、加给［jǐ］事中，后又进礼部侍郎，拜枢密副使。

宝元年间，李元昊西夏称帝，陕甘境内烽烟又起。

连吃了几场败仗，北宋元气大伤。帝王将相，文武官员，均手足无措，一筹莫展。

前朝后宫全是慌乱的身影，唯有晏殊一人满脸的淡定。他略一思忖，便上奏朝廷："废除宦官监军制度，还兵权于将帅；招募弓箭手，加强训练，以备作战；拍卖宫中值钱的器物，充当军饷；清理其他部门的财权，所有经费由度支司统一掌握。"

这四点建议得到神宗首肯，"悉为施行"后，边境的战局立刻发生了扭转。

毫无疑问，晏殊再次获得擢升，先是担任掌管天下兵权的枢密使，后又拜集贤殿学士、同平章事，当上了北宋的宰相。

| 三 |

于仕途而言，晏殊已经走上了人生的巅峰，闲暇之余的生活，自然富裕优渥，从容洒脱，天天吃着火锅唱着歌，跳着伦巴和探戈：

菊花残，梨叶堕。可惜良辰虚过。新酒熟，绮筵开。不辞红玉杯。

蜀弦高，羌管脆。慢飐［zhǎn］舞娥香袂。君莫笑，醉乡人。熙熙长似春。

——《更漏子（菊花残）》

他“未尝一日不宴饮”，“每有嘉客必留，留亦必以歌乐相佐”，但醉翁之意，不在美酒佳人与佳肴，却在情调格调与腔调。

中秋佳节，他邀请一众宾客，饮酒赏月，觥筹交错，红袖飘香，其乐融融。但等了许久，仍是满天乌云，一片漆黑。

晏殊兴致全无，索性躲进了内屋。

半夜，好友王琪过来敲门，晏殊毫无反应。王琪见状，便轻声吟诵：“只在浮云最深处，试凭管弦一吹开。”

吹笛抚琴，拨云见月，该是何等浪漫与风雅，根本就没睡着的晏殊，立刻披衣而起，“饮酒赋诗，达旦方罢”。

至于那轮犹抱琵琶全遮面的明月，何时出现，会不会出现，谁都不会在意了。

任永兴军节度使时，晏殊曾用张先为通判。

府中有一歌妓，是张先的铁粉，最爱吟唱他的诗词。

每逢张先上门，晏殊总会安排这个歌妓佐酒。时间长了，次数多了，晏夫人的醋瓶便泼了。

几天后，张先再次登门，却未见歌妓踪影。一问才知道，是晏夫人将其赶出了家门。

张先若有所失，几杯浊酒下肚，当场赋词一首：

步帐摇红绮。晓月堕，沈烟砌。缓板香檀，唱彻伊家新制。怨入眉头，敛黛峰横翠。芭蕉寒，雨声碎。

镜华翳。闲照孤鸾戏。思量去时容易。钿盒瑶钗，至今冷落轻弃。

望极蓝桥，但暮云千里。几重山，几重水。

——《碧牡丹·晏同叔出姬》

晏殊听后，也极为怅然："人生行乐耳，何自苦如此？"连忙让管家取来银两，赎回了那个歌妓，晏殊的府上，又充满了笑语欢歌。

## | 四 |

生活总是有波澜的，身处波诡云谲的官场，个人的命运更是瞬息万变，起伏不定。

入仕后的晏殊，虽然养尊处优，却远非酒囊饭袋。他帮助刘太后稳定政局，为宋仁宗献策平乱，屡建功勋，深得皇室信任。

但由于刚毅直率，遇事敢言，冒犯过龙颜，得罪了权贵，降职远调也就在所难免。

刘太后年轻时，曾寄居在大臣张耆 [qí] 的府中。

张耆人品低下，官声不佳，但对这位落难的女子，却极为尊重，百般照顾。

刘氏临朝听政后，便想提拔张耆为枢密使。

晏殊听说此事，立刻上书劝阻，直言"张耆不可担当重任"。

一句话得罪了两个要人，晏殊很快就被赶出了京城，任职宣州。几个月后，又改任南京（河南商丘）留守、知应天府。

1033 年，刘太后已经掌权十余年，准备效仿武则天，"下旨服兖冕［yǎn miǎn］"，也就是穿上君王的礼服，去太庙行祭祀之礼，这可是冒天下之大不韪的事情。

朝中百官，自然议论纷纷，甚至指指点点。

刘太后征询晏殊的意见，晏殊便当着太后的面，背起了《周官》，婉言告诫太后，礼制不可乱。

太后没有多言，回宫后却下了一道懿旨，将晏殊再次贬职。

晏殊最后一次被外放是在拜相三年之后。

1044年，范仲淹、欧阳修倡导的“庆历新政”正在如火如荼地推进，改革派与保守派的冲突也从未停止。

已近花甲之年的晏殊却表现得非常淡定，管他惊涛骇浪，我一切如常。

但人在江湖，身不由己，即便是太平盛世的宰相大人，也掌控不了自己的命运。

晏殊十分赏识欧阳修，准备外放他主政河北，此举竟惹恼了改革派，他们以为这是旧党阴谋，意在削弱新党力量。

新党发起了反击，先是弹劾晏殊利用职务之便，贪赃军饷，中饱私囊，很快就被证伪。

后又拨弄尘封的历史，说晏殊明知道陛下为宸妃所生，却在其墓志铭中只字不提：

宸妃生圣躬为天下主，而殊尝被诏志宸妃墓，没而不言。

——[元]脱脱《宋史》

曾有传言说，仁宗刚出世，皇后刘氏就玩了一出“狸猫换太子”，将孩子据为己有。

后来，刘氏临朝听政，以太后之礼厚葬宸妃，并让晏殊为其撰写墓志铭。

关于宸妃的子嗣，晏殊仅写下只言片字："生女一人，早卒，后无子及。"隐去了那段讳莫如深的宫闱秘史。

这自然不是晏殊的错，但对于仁宗而言，身世已是心里永远的痛。为了给生母一个说法，他只得降罪于晏殊。

被贬出京城的晏殊，先后在颍州、陈州、许州多地辗转，直到十年后，因身患重病，急需名医治疗，才得以被恩准回京。

晏殊很知趣，大病初愈后，他便上书朝廷，主动请求外放。

仁宗却是一万个舍不得，硬是将晏殊留在身边，以宰相之仪待之，每五日召见一次。

次年，晏殊病重，仁宗准备前去探望，晏殊听说后，便托人转告皇上："不过是老毛病，切勿挂念。"

仁宗就淡忘了此事，不久，晏殊病逝，终年六十五岁。

消息传来，皇帝懊悔万分，悲痛不已，特意罢朝两天，专门前往吊唁，并追赠晏殊司空兼侍中，封临淄公，谥"元献"。

## | 五 |

晏殊是"富贵词人"，也是"太平宰相"。

前者很是耀眼，他的词令，几乎篇篇都是经典：

绿杨芳草长亭路。年少抛人容易去。楼头残梦五更钟，花底离情三月雨。

无情不似多情苦。一寸还成千万缕。天涯地角有穷时，只有相思无尽处。

——《玉楼春·春恨》

红笺小字。说尽平生意。鸿雁在云鱼在水。惆怅此情难寄。

斜阳独倚西楼。遥山恰对帘钩。人面不知何处，绿波依旧东流。

——《清平乐（红笺小字）》

后者却略显暗淡，有人甚至给出这样的评价："富贵悠游五十载，始终明哲保身全。"

但晏殊表示不服。

年轻时，他曾阻止张耆升迁，规劝太后循礼，还动手打过迟到的官员，这自然与"明哲保身"相去甚远。

"庆历新政"中，他不站队，不表态，是想远离党争，做个不偏不倚之臣，这是在尽一个"太平宰相"的本分。

外放河南时，他邀请范仲淹执教应天书院，广收门徒，大兴教育。成为首辅后，他俩又联手明令州县办校，创立分科教学，改良科举考试，促成了宋代学校教育的兴起。

自五代以来，天下学校废，兴学自殊始。

——［元］脱脱《宋史》

尤为可贵的是，欧阳修、范仲淹、王安石与晏殊文风不同、政见不合，但晏殊仍然唯贤是举，对他们多有提拔与照顾。

即便王安石当众质疑晏殊："为丞相而喜填小词，能把国家治好吗？”晏殊也只是微微一笑，送了他八个字：“能容于物，物亦容矣。”

这也是晏殊的处世格言。

正是这般优游不迫，淡定从容，他才会“徜徉于大小之隐，放旷乎遭随之命”，随心随性，宠辱不惊，安安静静地做一个“富贵词人”：

一曲新词酒一杯，去年天气旧亭台。夕阳西下几时回？

无可奈何花落去，似曾相识燕归来。小园香径独徘徊。

——《浣溪沙（一曲新词酒一杯）》

# 欧阳修

约 等 于 韩 愈 + 司 马 迁 + 李 白

## | 一 |

北宋天圣年间，汴京国子监。

为迎接即将到来的人生巅峰，已经“连中两元”的欧阳修特意订制了一件长袍，以备殿试之用。

同舍的考生，十九岁的王拱辰，却一把抢过去，披在身上，四处转悠，逢人就嘚瑟：“看，我是新科状元！”

这娃向来调皮，欧阳修并不介意。

再说，你穿上我的新衣，就能抢走我的状元啦?

但事实就是这么神奇。

殿试之时，仁宗亲自主持唱名仪式。

欧阳修踮起脚尖，瞪大双眼，屏住呼吸，激动无比。

一众考生，也都将眼光集于欧阳修一身。

不料，金口一开，新科状元，却是王拱辰。

晴天霹雳。

欧阳修一下子愣在原地，措手不及。

这已经不是他第一次在考试中翻船了。

| 二 |

公元 1007 年，欧阳修出生于绵州（四川绵阳），父亲欧阳观，是当地的军事推官。

四岁时，父亲调任泰州判官，同年病逝。

年幼的欧阳修，只得与母亲郑氏相依为命。

孤儿寡母，过得异常辛苦。

好在郑氏也是大家闺秀，懂得再穷不能穷教育，总是想千方设百计，拼多拼少拼尽所有，都不愿让孩子输在起跑线上。

买不起纸笔，她便用芦荻（一种植物，形同芦苇）在沙地上抄写诗文名句，教孩子读书识字。

这便是“画荻教子”的出处。

十岁时，欧阳修跟随母亲前往随州，投奔叔父欧阳晔。

城南李家藏书众多，欧阳修经常前去蹭书。

也就是在这里，他第一次接触到了《昌黎先生文集》。

欧阳修欣喜地发现，与五代以来雕章琢句、晦涩僵硬的文风相比，韩愈的文章竟是这般平易自然、潇洒恣意。

他连忙将文集借回家中，抄写吟诵，夜以继日，废寝忘食。

欧阳修的创作水平也就与日俱增，小小年纪，写出来的诗文，俨然如成人。

叔父见此，很是欣慰，高兴地对郑氏说："嫂子切莫担心家贫，这是个奇童，他日不仅能光耀门庭，且会名扬天下。"

天遂人愿。

后来的欧阳修，终成文坛一代宗师。

| 三 |

1023年，十七岁的欧阳修，应试随州。

试题为《左氏失之诬论》，欧阳修文思泉涌，洋洋洒洒，写得十分顺手。

但由于韵脚不合规定，这篇"奇警之句，大传于时"的爆文却被考官判为末等。

欧阳修第一次落榜。

三年后，欧阳修继续参考，顺利通过后，被荐往礼部应试。

可惜的是，在次年的春闱中，他再次落榜。

无奈之下，欧阳修开始投书行卷，寻求"大V"推荐。

他带上诗作来到汉阳，拜会知军胥偃。

胥大人非常赏识他的才华，将其留在门下，整日谈诗论道，填词吟曲，颇负盛名的《踏莎行（候馆梅残）》，大约就是写于此时：

候馆梅残，溪桥柳细，草薰风暖摇征辔。离愁渐远渐无穷，迢迢不断如春水。

寸寸柔肠，盈盈粉泪，楼高莫近危阑倚。平芜尽处是春山，行人更在春山外。

——《踏莎行（候馆梅残）》

在宋朝，“大 V”的能量，超乎想象。

经胥偃鼎力推荐，欧阳修先是就试国子监，一举夺魁；后赴国学解试，再登榜首；次年参加礼部会试，又为第一。

如此，两番落第后，欧阳修的科举之路终于像开了挂一样，捷报频传，连连折桂。

万万没想到的是，在殿试中却遭遇王拱辰碾压，屈居第二。

其实，这个王拱辰也不是一般人。

他是著名的“诚信状元”。据说在皇家大殿上，天子钦点他为榜首，他拒不接受，理由是本次殿试之题，前几天刚刚练习过，能得高分，实属侥幸。

皇帝听后大为感动，连连赞其诚实可信，人品过硬。

他也是欧阳修的连襟。欧阳修两任妻子离世后，续娶了前宰相薛奎的次女。而王拱辰却是薛奎的大女婿，妻子病故后，又娶了薛家的小女儿。

二度成为欧阳修的连襟，连王拱辰自己都觉得十分有趣，忍不住写诗自嘲：“旧女婿为新女婿，大姨夫作小姨夫。”

他还是李清照母亲的祖父。《宋史》记载：“（李格非）妻王氏，拱辰孙女，亦善文。”

李清照的文学才情，或许正源自王拱辰的优良基因。

进士及第后，欧阳修迎来了人生中的第一份差事，任西京（洛阳）留守推官。

在洛阳，欧阳修不仅结识了梅尧臣、尹洙等文坛新秀，还遇见了一位四千年才出一次的绝世好领导——西京留守钱惟演。

钱惟演不仅“平生惟好读书”，而且爱才如命。

欧阳修刚到任，钱惟演便直言：“在我这，你的任务只有三项，那就是创作、创作和创作。”

欧阳修自是求之不得，终日不是放飞自我，游山玩水，就是呼朋引伴，浅斟低唱：

把酒祝东风，且共从容。垂杨紫陌洛城东。总是当时携手处，游遍芳丛。

聚散苦匆匆，此恨无穷。今年花胜去年红。可惜明年花更好，知与谁同？

——《浪淘沙（把酒祝东风）》

冬天在嵩山，偶遇暴雪，一行人进退不得。

恐惧、绝望之时，雪地中竟然出现一支车队，那是钱大人派来的后勤军团。

不仅送来了衣物和粮食、歌妓和厨子，还捎来了钱惟演的贴心之语：“你们吃好、喝好、玩好，千万别惦记工作……”

真是雪中送炭三冬暖啊。

当然，考虑到欧阳修是前途不可限量之人，钱惟演并没有无节制地纵容。

欧阳修曾恋上一位歌妓，经常因为小情人的约会，耽误了与钱大人的聚会。

这天，他俩又迟到了。

钱惟演不便当众批评欧阳修，只得质问歌妓："给我一个解释吧。"

慌乱中，歌妓一通瞎掰："天太热，在凉堂睡了一会。醒来后，却一直找不到金钗……"

"哦，是这样。"钱惟演故作恍然大悟状，继续说道，"若能求得欧阳推官的新词，我便补你一副金钗。"

欧阳修自然明白，这是钱大人给出的台阶，大脑飞速运转后，即兴吟出新作一首：

柳外轻雷池上雨，雨声滴碎荷声。小楼西角断虹明。阑干倚处，待得月华生。

燕子飞来窥画栋，玉钩垂下帘旌。凉波不动簟纹平。水精双枕，傍有堕钗横。

——《临江仙（柳外轻雷池上雨）》

情景交融，应景且生动，满堂宾客，掌声雷动。

钱惟演马上兑现诺言，赏给歌妓一副金钗。

但酒过三巡之后，他仍然不忘提醒欧阳修："贤侄，有些事情，还是要收敛一下啊。"

语重心长，言短情长，欧阳修双颊发烫之余，心里也倍感温暖。

正因如此，离开洛阳之时，欧阳修才会千般留恋，万分不舍：

尊前拟把归期说。未语春容先惨咽。人生自是有情痴，此恨不关风与月。

离歌且莫翻新阕。一曲能教肠寸结。直须看尽洛城花，始共春风容易别。

——《玉楼春（尊前拟把归期说）》

## | 四 |

1034 年，欧阳修应诏回京，授宣德郎，任馆阁校勘。

闲暇之余，依旧是“红粉佳人翻丽唱”“且把金尊倾美酿”，不是在家里大宴宾客，就是去当别人的座上客，天天吟诗填词，觥筹交错，很是快活。

如果你因此认为欧阳修的后半生只是个文人和吃货，那就大错特错了。

范仲淹因为得罪宰相吕夷简，被外放至饶州。

朝中文武百官茶前饭后论及此事，无不义愤填膺，惋惜忠贞之士，痛恨奸佞之人。

唯有谏官高若讷，对范仲淹冷嘲热讽，百般羞辱。

满腔热血的欧阳修，早就看不惯吕夷简的做派，又见高若讷如此行径，立刻怕案而起，写下一篇《与高司谏书》，怒斥高若讷：“不知人间有羞耻事……决知足下非君子。”

毫无疑问，这又是一篇爆文。

很快，欧阳修就被贬为夷陵县令。

也就在这期间，他的第二任妻子杨氏病故。

元宵之夜，看着满街的火树银花，想起挚爱的妻子，欧阳修百感交集，写下了《生查子·元夕》：

去年元夜时，花市灯如昼。月上柳梢头，人约黄昏后。

今年元夜时，月与灯依旧。不见去年人，泪满春衫袖。

四年后，范仲淹被启用为陕西经略安抚副使，有意让欧阳修担任书记官。

欧阳修却坦言："当年给你应援，并不是为了一己之利，咱俩同时被贬，不一定非得同时升迁啊。"

这胸襟，这气度，必须一百分。

但政敌却称欧阳修和范仲淹为"党人"，说他们"荐引朋党，离间君臣"，这些言论，让仁宗很不安心。

欧阳修听闻后，马上作出回应，提出："君子无党，小人有党"，"君子与君子以同道为朋，小人与小人以同利为朋"，"当退小人之伪朋，用君子之真朋"，既打了政敌的脸，也宽了仁宗的心，这便是著名的《朋党论》：

然臣谓小人无朋，惟君子则有之，其故何哉？小人之所好者，禄利也；所贪者，财货也。当其同利之时，暂相党引以为朋者，伪也；及其见利而争先，或利尽而交疏，则反相贼害，虽其兄弟亲戚不能相保。故臣谓小人无朋，其暂为朋者，伪也。君子则不然，所守者道义，所行者忠信，所惜者名节。以之修身，则同道而相益；以之事国，则同心而共济，始终如一，此君子之朋也，故为人君者，但当退小人之伪朋，用君子之真朋，则天下治矣。

欧阳修这般“论事切直”，政敌简直欲杀之再烹之且食之而后快，仁宗皇帝却格外欣赏他的勇气，甚至感叹：“像欧阳修这样的臣子，真是百年难遇啊！”

就这样，连基本的程序都没走，欧阳修就被提拔为起居注、知制诰，一跃成为天子近臣。

## | 五 |

1043 年，范仲淹推行“庆历新政”，触碰了保守派的利益，再次被贬。

已经任职谏院的欧阳修，连番上书，替老范辩护。

保守派当然不会放过他，马上组织人手，搜罗罪证，网罗罪名，攻击欧阳修。

将欧阳修的祖宗十八代和社会关系翻了个遍之后，他们终于找到了一首《望江南》：

江南柳，叶小未成阴。人为丝轻那忍折，莺嫌枝嫩不胜吟。留著待春深。

十四五，闲抱琵琶寻。阶上簸钱阶下走，恁时相见早留心。何况到如今。

根据这篇文字，保守派将词里的主角，锁定为欧阳修的外甥女张氏，认为老欧对至亲晚辈有过非分之想，且行过越轨之实。

东舍女乘龙，西家妇梦熊。
翁夸酒重碧，孙爱果初红。
栗烈三冬近，团栾一笑同。
营生无缪巧，百事仰天公。
——［宋］陆游《农家》

北风卷地白草折，胡天八月即飞雪。
忽如一夜春风来，千树万树梨花开。
散入珠帘湿罗幕，狐裘不暖锦衾薄。
将军角弓不得控，都护铁衣冷难着。
瀚海阑干百丈冰，愁云惨淡万里凝。
中军置酒饮归客，胡琴琵琶与羌笛。
——［唐］岑参《白雪歌送武判官归京》

京口瓜洲一水间，钟山只隔数重山。
春风又绿江南岸，明月何时照我还？
——［宋］王安石《泊船瓜洲》

欧阳修连忙上书鸣冤：“丧厥夫而无托，携孤女以来归。张氏此时年方十岁。”

妹妹丧夫，孤儿寡母，无依无靠，投奔娘家，这是很正常的事。再说了，张氏那时不过十岁啊。

保守派们却一脸诡笑：“对啊，所以你才会‘留取待春深’嘛。”

欧阳修气得当场就是一口老血，却也百口莫辩，干脆自请外放，任职滁州：

我遭谗口身落此，每闻巧舌宜可憎。
春到山城苦寂寞，把盏常恨无娉婷。
花开鸟语辄自醉，醉与花鸟为交朋。
花能嫣然顾我笑，鸟劝我饮非无情。
身闲酒美惜光景，惟恐鸟散花飘零。
可笑灵均楚泽畔，离骚憔悴愁独醒。

——《啼鸟》

正是在滁州，欧阳修写下了两篇千古名作：

修之来此，乐其地僻而事简，又爱其俗之安闲。既得斯泉于山谷之间，乃日与滁人仰而望山，俯而听泉。掇幽芳而荫乔木，风霜冰雪，刻露清秀，四时之景，无不可爱。又幸其民乐其岁物之丰成，而喜与予游也。因为本其山川，道其风俗之美，使民知所以安此丰年之乐者，幸生无事之时也。

——《丰乐亭记》

已而夕阳在山，人影散乱，太守归而宾客从也。树林阴翳，鸣声上下，游人去而禽鸟乐也。然而禽鸟知山林之乐，而不知人之乐；人知从太守游而乐，而不知太守之乐其乐也。

——《醉翁亭记》

尤其是后者，火遍大江南北，“天下莫不传诵，家至户到，当时为纸贵”。

那么问题来了，堂堂一个太守，不在衙门里勤于政事，却在山水间宴饮作乐，明显不是个好官啊。

其实不然。

早在担任夷陵县令时，欧阳修就给自己的为官之道定下两个基本原则：一曰“宽”，一曰“简”。

有人表示质疑：“人是需要管的，您这样不是乱套了吗？”

欧阳修微微一笑，摇了摇头：“以放纵为宽，以省略为简，必然政事废弛，百姓深受其害。我说的宽，是不行苛急之政；简，是不做繁琐之事。”

原来如此。难怪这位可爱的太守大人能有那么多的空闲“与民同乐”，从而深受百姓爱戴和感念。

离任滁州之时，民众自发前来送行，欧阳修写下《别滁》一首，留赠父老乡亲：

花光浓烂柳轻明，酌酒花前送我行。

我亦且如常日醉，莫教弦管作离声。

嗯，别为我伤心，到哪儿，我都是一个快乐的“醉翁”。

无论是后来的扬州、颍州还是应天府，欧阳修都坚持“宽”“简”路线，不行苛政，不扰子民，深得人心。

即便到了知天命之年，接替执法严峻的包拯担任开封知府，他依旧温和宽仁，把京师重地治理得井然有序。

由此，“包严欧宽”便成了历史典故，“严而思包严之道，宽而思欧宽之由”，也成了历代官员的执政格言。

## | 六 |

1049 年，欧阳修回京，先后担任翰林学士、枢密副使、参知政事等职。

职位一路上升，本色依然不改，遇有不平事，他照样挺身而出，仗义执言。

御史台和谏院同时弹劾宰相陈执中，说他：“刚愎自用，作恶太多。”皇帝却置若罔闻。

欧阳修立刻进宫，当面提醒仁宗：“陛下拒纳忠言，包庇愚相，恐怕会有损圣德啊。”

很快，陈执中便被罢相。

英宗即位后，太后垂帘听政。但母子俩经常因为一点小事，闹出许多误会。

韩琦等重臣，先后劝慰太后，希望母子和好如初。但太后和英宗，依然我行我素。

关键时刻，还是欧阳修出马，动之以情理，晓之以利害，语气温和却态度严肃地质问太后："仁宗在位时，恩泽四方，驾崩之后，天下人都拥戴新皇，无人敢有异议。现在太后是一个妇人，加上我们五六个书生，都不遵先皇遗命尽力辅佐圣上，敢问皇室尊严何存？"

太后虽然满脸尴尬，却也自知理亏，只得作罢。

英宗是先皇的继子，即位后不久，便着手讨论生父濮王的名分。

欧阳修、韩琦等人希望尊濮王为"皇考"，王珪、司马光和几位御史却认为应该称"皇伯"，双方各执一词，互不相让，迟迟没有定论。

事后，为了打击报复，御史彭思永、蒋之奇等人捏造谣言，上书朝廷，弹劾欧阳修与儿媳乱伦。

可怜的欧阳修，真是跳进黄河也洗不清了。

好在皇帝召见两位御史，欲问其详，彭、蒋二人却都说不出个所以然来，只得承认造谣生事，污蔑中伤，随后双双被贬。

连上多道奏折自述清白之后，欧阳修对官场心灰意冷，甚至开始怀疑人生，多次请求外放，均未获准。

他只得借助片言只语，聊以诉苦：

百啭千声随意移，山花红紫树高低。

始知锁向金笼听，不及林间自在啼。

——《画眉鸟》

锁在金笼里的鸟儿，哪有山林间的自由自在啊。

鸟犹如此，人何以堪！

神宗即位后，启用王安石推行新政。

欧阳修认为“青苗法”有弊，拒不执行，对朝廷所授官职也尽量推辞。

1070 年，欧阳修主政蔡州，自号“六一居士”，曰：“吾《集古录》一千卷，藏书一万卷，有琴一张，有棋一局，而常置酒一壶，吾老於其间，是为六一。”

由于不堪政务之累，加之年老体衰，不到一年，他便以观文殿学士、太子少师致仕。

退休后的欧阳修，定居颍州，闲来无事，便赏花泛舟，奏曲饮酒，逍遥自在，无虑无忧：

堤上游人逐画船，拍堤春水四垂天。绿杨楼外出秋千。

白发戴花君莫笑，六幺催拍盏频传。人生何处似尊前！

——《浣溪沙（堤上游人逐画船）》

1072 年，欧阳修在颍州逝世，享年六十六岁，获谥“文忠”。

## | 七 |

欧阳修虽是一介书生，却“天资刚劲，见义勇为”，不管是弓弩陷阱，还是万丈深渊，都会义无反顾，一往无前，多次被贬，志气依然不减。

欧阳修幼年丧父，母亲曾告诫他："先夫在时，日日挑灯夜读，为死罪之人，寻求生路。"

他觉得很奇怪："既是死刑，哪有生还可能？"

母亲却答："为其求生而不得，那么先夫与囚犯，都无任何遗憾了。"

欧阳修听后，心里大为叹服，且终生不忘。

任夷陵县令时，他常常翻阅旧时案卷，却见冤假错案数不胜数，不禁仰天长叹："一个偏远小县，尚且如此，何况泱泱大宋！"

从此，遇有诉讼之事，他都谨慎万分，不敢掉以轻心。

欧阳修是古文运动的倡导者，也是北宋文坛的绝对领袖，"奖引后进，如恐不及"，苏轼、苏辙、曾巩等文学巨匠都出自他的门下，包拯、韩琦、范仲淹等朝廷重臣都受到过他的赏识与引荐。

他"好古嗜学"，潜心收集、整理周、汉以来的金石碑文、断编残简，并附译文于后，详细介绍器件、文字所属年代及其遗闻逸事，编成了中国现存最早的金石学著作《集古录》。

他还主编了《新唐书》和《新五代史》，结构严谨，文笔洗练，获得业界一致肯定：

论大道似韩愈，论事似陆贽，记事似司马迁，诗赋似李白。

——苏轼

对于一个文人来说，这该是五星好评了。

如果有人说，文品不等于人品，那么欧阳修肯定是个例外。

比如王安石，就非常肯定欧阳修"文如其人"：

如公器质之深厚，知识之高远，而辅学术之精微，故充于文章，见于议论，豪健俊伟，怪巧瑰琦……世之学者，无问识与不识，而读其文，则其人可知。

连曾经的政敌都变成了铁粉，欧阳修的一生，值了。

# 司马光

舍 得 一 身 剐 ， 敢 把 皇 帝 拉 下 马

## | 一 |

北宋崇宁年间，长安城。

阴冷的月光下，十几个官兵围住了石匠安民。

安民双腿发软，当场就跪了下来。

“这是元祐奸党名单。”队长拿出一卷公文，命令安民，“由你来刻，四天完工，酬金六千万。”

原来如此，这位头牌石匠的心里，终于松了一口气。

他站起身，接下公文，拍着胸脯保证：“必当尽力，绝不误期。”

打开这份长长的名单，他看见了一个熟悉的姓名。

犹豫片刻，安民再次跪下：

“草民愚昧，不敢揣测立碑之意。但天下皆知，司马光忠厚正直，这个奸党碑文，断不能刻。”

“呦呵，还挺有情怀。”队长一声冷哼，语气更加强硬，“大胆刁民，抗旨不遵，小心灭你满门！”

石匠无奈，只得让步：“请大人恩准，碑末不刻‘安民’二字，免遭后人唾骂。”

此话一出，在场之人顿觉惭愧不已。

“儿童诵君实，走卒知司马。”官兵当然知道，司马光是贤良之人。

但作为低等小吏，他们也无能为力。

良久，队长一声叹息：“就这样吧，尽快动工，别让相爷久等。”

官兵散去，荒村又恢复了平静。

夜色中，只余几声鸦鸣。

## | 二 |

公元 1019 年，司马光出生于河南光山。

父亲司马池，是当地县令。

祖父司马炫，也是进士出身。

成长在这样的家庭，年幼的司马光，学识和才华很快就超过了同龄人。

六岁时，听亲戚讲了一遍《左传》，回到家中竟能完整地复述。

此后，司马光便对史学产生了浓厚兴趣，“手不释书，至不知饥渴寒暑”。

七岁时，他“砸缸救人”的壮举被画成《小儿击瓮图》，编入手绘本，当年就卖成了爆款。

司马光的“神童”之名，也因此传至两京。

刻苦且专注，聪明又机灵，司马光很快便学有所成。

1038年，二十岁的司马光高中皇榜，获得的第一个职位是奉礼郎。

为了照顾双亲，他主动上书朝廷，要求下放基层，担任苏州判官。

一年后，北宋边境，烽烟又起。

朝廷决定，在民间增设武官，训练弓箭手。

司马光认为，发展民间武装，会造成百姓恐慌，破坏社会治安，甚至引发动乱，便代父亲拟了一道奏折，提醒朝廷，改变策略：

吴人轻怯，易惑难晓，道听途说，众情鼎沸，至欲毁体捐生，窜匿山泽。臣虽明加告谕，严行止约，愚民无知，不可户说，诚恐……之后，摇动生忧。

加以弓矢刀锯之类，许其私置，自今以后，贼盗必多。及私贩茶盐之徒，皆有利兵，拭拒吏士，益难擒讨，积微至著，渐不可久。

今忽无故黩玩威棱，狎侮危事，示以逆德，弄之凶器，生奸回之心，启祸患之兆，臣恐以久非国家之至便，所以万全而无害。

——《论两浙不宜添置弓手状》

这是司马光第一次上书，尽管石沉大海，杳无音讯，却丝毫不影响他心系朝廷、以天下为己任的热情和决心。

此后四十年，他做得最多的事情便是进言、进言和进言，终成一代谏臣。

历朝历代，宦官都是一个奇葩的存在。

文不能提笔安天下，武不能上马定乾坤，却倚仗天子宠信，出可作监军，入可理朝政，野心极大的，还能改变历史进程。

比如张让、高力士和李辅国，他们的实际权力，已远非宰辅可及。

皇佑年间，大宦官麦允言去世。

宋仁宗悲痛万分，不仅追赠一品，还安排仪仗送葬。

司马光义愤填膺："阉人一枚，却待以公卿，纲纪何存？"

皇帝满脸铁青，竟无言以对，只得收回成命。

1058年，司马光任开封府推官，负责审理大案要案。

这年，越南进贡异兽，说是麒麟。

宋仁宗大喜，立刻更新了朋友圈："天降祥瑞，大宋即将迎来好运。感恩，比心。"

几秒种后，他就看到了司马光的评论："从照片看，真伪难辨。另外，即便真是麒麟，也不是自个跑来的，跟祥瑞扯不上边，还是还给人家吧。"

仁宗无语凝噎，气到吐血，当场就将司马光设置为分组不可见。

有关部门向朝廷汇报，除了汴京，全国各地都有天狗食日。

乍一听，宋仁宗吓得不轻。

日食自古就是大凶之兆，意味着天子失德，需要检讨。

皇帝相当郁闷，正准备找人代笔，下个罪己诏。

有个善解人意的大臣却这样安慰天子："天下皆黑，京师独白，实因吾皇圣明，上苍格外开恩，此乃大吉大利，可喜可贺！"

必须承认，这位大臣的心理疏导水平，简直一百分。

仁宗的脸上，立刻阴转晴，马上吩咐内侍省，扎花灯，备酒宴，好好庆贺一番。

“且慢——”无处不在的司马光又站了出来，“四方见、京师不见，此乃天子为奸邪蒙蔽，灾患更大，还是小心为妙。”

这么一说，皇帝的心里又有了阴影，庆贺之事，只得叫停。

司马光这一盆冷水，真是泼得精彩绝伦。

估计写到这里，已经有人开始把司马光和魏征、包拯合并同类项了。

真是太早了。

这时候的司马光，既不在谏院，也不在御史台。

他说这些话、做这些事，并非职责所在，只是出于一腔热血和满心赤诚。

当然，也不排除是为了以后的谏官生涯热热身、练练声。

## | 三 |

1062年，司马光任职谏院。

上任伊始，他就被派去监督会试。

考生苏辙在策论中言辞激烈地抨击朝政。主考官一看，明显不符合大宋主流价值观，直接就想淘汰掉。

司马光据理力争：“爱之深，才会恨之切，这般忧国忧民，难得！”

试卷呈到垂拱殿，宋仁宗也认为：“敢说实话的考生，才是有担当之人。”

就这样，已经做好落榜准备的苏辙，终以末等及第。

仁宗孱弱多病，膝下无子，立储的事情一直没有提上日程。

司马光为此操碎了心。

他多次面见圣上，希望“果断力行”，早日确定继承人。

又跑到中书省，提醒宰相韩琦：“万一哪天，宫中传出半张纸片，让赵某某继承大位，天知道，这是不是皇上本意？”

事态竟会如此严重，韩琦当即表态：“马上操作，绝不懈怠。”

几天后，韩琦和多位重臣，联名上书朝廷，请求仁宗，提立东宫。

左右权衡，反复斟酌，仁宗最后决定立赵曙为太子。

赵曙是濮王的儿子，年幼时就被接入宫中抚养。

听说要入主东宫，他一脸的不情愿，甚至连上十篇奏折，婉言谢绝。

还是司马光提醒韩琦，以臣子大义责备赵曙。赵曙这才接过诏书，答应当个临时太子。

临走前，赵曙特意嘱咐下人：“照顾好我的旧宅，等圣上有了子嗣，我还会回来的。”

等等，这位太子的语气，好熟悉啊。

1063 年，仁宗驾崩，赵曙即位，是为英宗。

这是一位不走寻常路的皇帝。

他先是让韩琦代理朝政，遭到文武百官共同抵制后，又下诏请求太后垂帘听政。

至于他自己，只负责两件事，一是为仁宗守孝，二是确定濮王名分。

这皇帝当得相当感人。

司马光提醒过英宗："既是先帝养子，无需虑及生父。非得尊礼，称为'皇伯'就好。"

但英宗认为，这体现不出至孝之心，应称濮王为"皇考"。

如此，置仁宗于何地？司马光和几位御史，当然齐声反对。

英宗一气之下，欲降御史之职。

司马光火速上书，要求一同外放。英宗只得作罢。

就这样，一个濮王名分的事，争论竟长达两年之久，最终酿成了史上著名的"濮议"事件。

多次进言无果，司马光对英宗失去信心，以言论过激、树敌太多、恐累及子孙为由，连续递上三封辞呈。

英宗同意他辞去谏职，升为龙图阁直学士。

也就是从这个时候开始，司马光仿照《左传》之体，编写通史，初步定名为《通志》。

英宗读了几篇后，竟然大感兴趣，马上诏令司马光，要求他加快进度，早日完稿。

1067 年，在位不到五年的赵曙病逝。

如今网络搜索宋英宗，第一行显示的文字竟是："主要成就：命司马光编修《资治通鉴》。"

这应该就是"无为而治"最好的模样吧。

英宗去世后，群臣上谥宪文肃武宣孝皇帝。

皇帝驾崩，朝廷都会追尊“谥号”，以表彰德行、缅怀功绩。

但有些皇帝，醉心于表扬和自我表扬，在世时便怂恿百官，给自己加“尊号”。

最典型的代表，就是唐玄宗李隆基。

他一共加了六次尊号，字数越来越多，阵势越来越大，分分钟让人窒息：

开元神武皇帝、开元圣文神武皇帝、开元天宝圣文神武皇帝、开元天宝圣文神武应道皇帝、开元天地大宝圣文神武应道皇帝、开元天地大宝圣文神武孝德证道皇帝……

好吧，我想到了路边粮油店里的那些大米：

天然大米、纯天然大米、绿色纯天然大米、有机绿色纯天然大米、正宗有机绿色纯天然大米、绝对正宗有机绿色纯天然大米……

宋神宗即位后，考虑到自己年纪轻、资格嫩，也想加个尊号，显得威武霸气。

文武百官，大都举双手赞成，唯独司马光当面就是一盆冷水：“当年匈奴单于递交国书，自称‘天地所生日月所置匈奴大单于’，也没听说汉文帝弄个长长的尊号回复他啊。男人的自信，靠的绝不是各种签名。”

神宗深以为然，立刻让司马光起草诏书，告示天下，从此无人再提尊号之事。

皇帝如此虚怀纳谏，司马光深感宽慰。

但后来的事实证明，他高兴得略早。

## | 四 |

两年后，宋神宗启用王安石（王介甫）为参知政事，开始了有宋以来，影响最为深远的变法运动。

"青苗法""免役法""保甲法"相继出台，并迅速进入不可控状态：

官员为了政绩，强逼农户借贷，坐收息钱；交钱可免差役，县令就借机敛财；为逃避保甲，百姓不惜自断手腕……

举国上下，一片质疑之声。士大夫以及四方来人，莫不非议介甫；下至黎民百姓，小吏走卒，人人归咎于介甫。

司马光早就坐不住了，从始至终，一直都在劝阻神宗：

"军政要事，都以王安石、韩绛、吕惠卿的意思为准，陛下打算只和这三人共治天下吗？

"世间财富，不在民，就在官，各种变法都是夺利于民，这种灾害甚于苛政！

"治国如同居家，有损就补，有毁则修，一定要拆倒重建吗？"

顶着太行、王屋二山般的阻力，神宗对新政也产生过怀疑，好几次问司马光："爱卿怎么评价王安石？"

司马光每次的答复都一样："他不是奸邪之人，只是执念太深。"

嗯，反对他的主张，却不诋毁他的为人，司马光的君子之风，确实让人肃然起敬。

1071年，司马光一口气写了三封《与王介甫书》。

先是评价王安石“大贤”，两人“趣向虽殊，大归则同”，然后真诚恳切地提醒他，不要“用心太过，自信太厚”，应重视各方意见，“改过从善”。

信的结尾，有这样一段话：

其受而听之，与罪而绝之，或诟詈而辱之，与言于上而逐之，无不可者。

如今直言相劝，你接受也好，绝交也罢，或者痛骂我、羞辱我，哪怕是禀告皇上、降罪于我，我都认了。

真是语重心长、纸短情长啊。

王安石收到信后，回了一封《答司马谏议书》，称两人“游处相好之日久”，经常发生争论，只是“所操之术多异故也”。

接下来却话锋一转：

如曰今日当一切不事事，守前所为而已，则非某之所敢知。

要我碌碌无为，墨守成规，还不如杀了我呢。

语气不强硬，态度却够坚决。

司马光没有支持新政，仍然获得擢升，新职位是枢密副使。

官阶挺高，他却心灰意冷：“百姓没有脱离苦海，我一人加官进爵，这种自私之举，微臣实在不愿为之。”

一番好意，竟碰上铜墙铁壁，神宗气不打一处来：“你到底是闹哪样？”

司马光叩首拜请，又开始了长篇大论：“唯愿陛下解散条例司，废除‘青苗’‘免役’等法……”

千言万语，汇成一句话，停止变法，停止变法，停止——变法！

这是原则性问题，神宗当然不会同意。

废除新政无望，司马光便回到洛阳，从此闲居十五年。

除了偶尔写点诗词，以示心迹：

四月清和雨乍晴，南山当户转分明。
更无柳絮因风起，惟有葵花向日倾。

——《客中初夏》

故人通贵绝相过，门外真堪置雀罗。
我已幽慵僮更懒，雨来春草一番多。

——《闲居》

渔舟容易入春山，仙家日月闲。绮窗纱幌映朱颜，相逢醉梦间。
松露冷，海霜殷。匆匆整棹还。落花寂寂水潺潺，重寻此路难。

——《阮郎归（渔舟容易入春山）》

更多的时间，他都在潜心编撰《资治通鉴》：“日力不足，继之以夜……精力尽于此书。”

司马光到底是有大智慧的。

如果继续留在朝廷，和新党奋力抗争，甚至像章惇、蔡京那样，不择手段地迫害对方，变法或许会暂停，但党争必然愈演愈烈。

这不是他想要的结果。

司马光全身而退，朝廷里少了一个宰相，史学界却多了一本巅峰巨著。

1085年，神宗去世。

不满十岁的哲宗即位，一直反对变法的太皇太后高氏听政。

高氏第一时间找到司马光："告诉我，当务之急是什么？"

司马光回了四个字："广开言路。"

朝廷马上下诏，举办了一场《大宋发展靠什么，我为大宋做什么》的主题征文，面向士大夫开怀纳谏，同时附上几个条件：

不得随意评价朝廷官员；不能说本职工作以外的话；不能危言耸听，动摇民心；不能迎合朝廷新政……

若有违反者，严惩不赦。

也不知道是不是高氏本意，这种自欺欺人的把戏，实在很滑稽。

司马光一看，勃然大怒："这哪里是求谏，分明是禁言。"

好在高氏知错就改，马上对方案进行修改，删除一切限制，果然，"上封者以千数"。

同年，司马光拜相。

消息传开，举国欢腾。

辽、夏使者前来汴京，都会专程拜访司马光。

回国后，他们告诫边疆守将："大宋的宰相，现在是司马光，都给我老实点，别轻易惹事。"

司马光没有辜负高氏，全面废除新法后，旧党之臣范纯仁、李常、苏轼、苏辙等，也相继应诏回京。

第二年，司马光病逝，享年六十八岁。

高氏听闻噩耗，泣不成声，推迟明堂殿建成庆典，与哲宗一道前往相府吊唁。

朝廷追赠太师、温国公，谥“文正”，赐碑曰“忠清粹德”。

## | 五 |

时间回到宝元年间。

那时的司马光，刚刚踏入仕途，与父亲一起住在杭州。

他经常在睡着之后突然起身，穿上官服，戴好官帽，站得毕恭毕敬。

司马池大吃一惊，以为孩子患了重病。

司马光却满脸正经：“不论何时何地，想起家国大事，自当肃然起立，以谋良策。”

晚年拜相后，他更是“躬亲庶务，不舍昼夜”，临死前，口中仍念有词，“如梦中语者，皆朝廷天下事也”。

孝友忠信，恭俭正直，居处有法，动作有礼。

这是《宋史》对司马光的评价。

恩人庞籍病逝，他待其妻如母，视其子如弟。

长兄年逾八旬，他“奉之如严父，保之如婴儿”。

他不着华服，不近女色，不喜宴饮。

除了读书和藏书，他没有任何爱好，也没有巨额财产。

退隐洛阳后，他甚至清贫到“典地葬妻”，让人唏嘘不已。

正是这般“高才全德”，司马光在民间声望极高。

神宗驾崩，他前往京师奔丧。

全城百姓都围在道路两旁，祈求司马光："留下来辅佐天子吧，好给我们一条活路。"

他去世以后，画像被争相抢购，京城许多画师竟因此暴富。

与王安石相比，自号"迂叟"的司马光，确实偏于保守。

但他俩都是坦荡君子，政见不同，却从未操戈相向。

只是后世奸佞，以整顿朝纲之名，无限加剧党争，致使妖孽横行，忠良无路，士大夫斯文扫地，北宋的礼义忠信，荡然无存。

1093 年，高氏病故，哲宗亲政。

章惇拜相，重启新法，罢黜范纯仁、吕大防等旧党，削除司马光所有赠谥。

四年后，追贬司马光为清海军节度副使、朱崖军司户参军。

又过了七年，蔡京专权，将司马光等人列为"元祐奸党"，刻碑诋毁。

幸有天子制止，一代名臣司马光才免遭掘墓鞭尸、挫骨扬灰之耻。

直到南宋建炎年间，宋高宗才下诏恢复司马光全部赠谥，并配享哲宗庙廷。

靖康年间，汴京沦陷。

金兵将领见元祐奸党碑上刻有司马光之名，禁不住长叹一声："宋之君臣，用舍如此，焉得久长！"遂怒而击碎之。

# 王安石

以前我没得选，现在我只想好好变法

## | 一 |

北宋治平四年，坐标汴京。

宋神宗即位后，王安石首次面圣。

王大人刚刚平身，皇帝就急切地询问：

“都说大宋朝积弱积贫，内忧外困，为什么老赵家统治了上百年，却平安无事？”

这道题的难度系数，接近于十米无水跳台，一不小心，就会粉身碎骨。

王安石没有当场作答，回去熬了一宿，才交上一份让皇帝流泪百官沉默的答卷：

伏惟太祖躬上智独见之明……太宗承之以聪武，真宗守之以谦仁，以至仁宗、英宗，无有逸德。此所以享国百年而天下无事也。

君子非不见贵，然小人亦得厕其间；正论非不见容，然邪说亦有时而用。

以科名资历叙朝廷之位，而无官司课试之方。监司无检察之人，守将非选择之吏。转徙之亟既难于考绩，而游谈之众因得以乱真。交私养望者多得显官，独立营职者或见排沮。故上下偷惰取容而已，虽有能者在职，亦无以异于庸人。农民坏于繇役，而未尝特见救恤……

其于理财，大抵无法，故虽俭约而民不富，虽忧勤而国不强。

赖非夷狄昌炽之时，又无尧、汤水旱之变，故天下无事，过于百年。虽曰人事，亦天助也。

——《本朝百年无事札子》

开篇是礼节性的赞美：

您的曾祖父是好皇帝，爷爷是好皇帝，父亲是好皇帝，您全家都是好皇帝，才得以“天下无事，过于百年”。

接下来，却画风陡变，历数当前各种危险：

陛下的朋友圈，鱼龙混杂，忠奸不辨；天子只知道节约，不懂得开源，导致民不富，国不强；文官没有积极性，武将缺乏战斗力，百姓饱受徭役之苦。

幸亏没有强大的外患，也没有惨烈的天灾，否则大宋朝早就灭亡了。

总之，老赵家能有今日，全凭上天保佑。

一曲《凉凉》，外加一首《天意》，这便是王安石送给新皇的见面礼。

宋神宗听后，沉默许久。

“陛下，大有为之时，正在今日。”王安石趁热打铁，眼神里满是期待。

正是这个眼神，让宋神宗一下子确定，自己找对了人。

他便愉快地答应，君臣联手，干一番轰轰烈烈的大事情。

王安石终于长舒了一口气，这一天，他足足等了三十年。

## | 二 |

公元 1021 年，王安石出生于抚州临川。

年幼的王安石，算是半个神童，读书“过目不忘”，写文“动笔如飞”，起初看似随意，结局却极为精妙。

仅凭这项技能，就能秒杀一众文青。

他还有大招。

王安石有个同龄人，叫方仲永。

这两个人，曾经一起被写进语文课本。

没错，就是那篇署名王安石的《伤仲永》，“故事 + 鸡汤”的表述方式，让这篇短文广受欢迎。

为了证明鸡汤文也有价值，王安石身体力行，立志通过后天努力，成材成器。

功夫不负有心人，1042 年，二十一岁的王安石，以第四名的成绩进士及第，被授职淮南节度判官，正式踏入了仕途。

人往高处走，水往低处流，王安石却偏偏不走寻常路。

按照惯例，初任期满后，他可以参加“三馆”的遴选考试。

“三馆”约等于今天的国立大学和中央图书馆，是北宋官员跻身高层的最佳跳板。

这种机会，对于所有的基层同志来说，走过路过绝对不会错过。

但王安石却将考试报名表填成了一份志愿书，热血澎湃地表示，自己要扎根基层，奉献青春。

就这样，不愿进京的王安石，转任鄞县（宁波）县令。

很多人都以为他不求上进，其实他的心里，早就有了一张宏伟蓝图。

主政基层，只是第一步。

当了县令后，王安石发现，不管是丰年还是歉年，农民永远都逃不掉饥饿的怪圈。

青黄不接的时候，百姓只能靠借贷度日。熬到收获的季节，粮食全都拿去还债，农民还是饥荒成灾，无奈又得借贷……

为了改变这种绕口令式的恶性循环，王安石决定，每年的二月和五月，百姓可以找衙门贷款、贷粮，半年后偿还，利息百分之二十。

这样以来，既可缓解农民燃眉之急，又能增加财政收入，还能抑制高利贷的剥削，可谓一举多得。

王安石第一个大胆的想法，也就是“青苗法”的雏形，在鄞县的试验田里获得了成功，对于未来，他信心百倍，豪情万丈：

飞来山上千寻塔，闻说鸡鸣见日升。

不畏浮云遮望眼，自缘身在最高层。

——《登飞来峰》

三年后，王安石调任舒州通判。虽不是主官，照样勤勤恳恳，关注民生，若有天灾未除，更是心急如焚：

行看舒气来方勇，卧听秋声落竟悭。
淅沥未生罗豆水，苍茫空失皖公山。
火耕又见无遗种，肉食何妨有厚颜！
巫祝万端曾不救，只疑天赐雨工闲。

——《舒州七月十一日雨》

宰相文彦博、翰林学士欧阳修都注意到了这颗政坛新星，先后多次召他进京。

但倔强的王安石一口回绝了前辈的盛情，理由是“祖母年老，先臣未葬，弟妹当嫁，家贫口众，难住京师”。

在同僚们不解的眼光中，他又到常州当了八年知府。

1058 年，王安石回京述职。

朝廷任命他为度支判官，协理全国财税事宜。

这一次，王安石没有推辞。

基层摸爬滚打十余年，是时候迈出职业生涯的第二步了。

他要上书仁宗，还原一个真实的北宋：经济不行，国防不行，教育不行，社会风气不行……

他写下了许多大胆的想法，希望仁宗重视人才、重视制度、重视律法……

原以为皇帝会满脸诚恳地邀请他：“来来来，你行你上！”

然而，王安石想多了。

这封《上仁宗皇帝言事书》，就如同一片树叶，掉进海里，未见一丝涟漪。

王安石是个聪明人，他清醒地认识到，这届皇帝不行。

他要离京出走。

朝廷下了九道诏书才将他留住，先是任命起居郎，后又改为知制诰。

以火箭般的速度成长为天子近臣，王安石的官运羡煞旁人。

但这些并不是他想要的。

1063 年，王安石母亲病逝，他趁机辞去官职，回到江宁守制。

同年，仁宗驾崩，继子英宗即位。朝廷多次下旨，让王安石回京任职。

他都以守丧为由，拒不赴任。

王安石非常清楚，新皇体弱多病，曹太后垂帘听政，母子搭班唱戏，求稳尚且不易，谈何求新求变？

英宗登基后，为了确认生父的名分，大臣们掀起的一场论战，竟足足持续了两年。

这样的执政水平，与王安石的期待自然相距甚远。

晚生苏轼都说："古之立大事者，不惟有超世之才，亦必有坚忍不拔之志。"

目前的王安石只能耐心等待，等待属于自己的时代。

## | 四 |

公元 1067 年，宋神宗即位。

听闻这个消息，王安石兴奋不已。

神宗还是太子之时，便爱读《韩非子》，对法家的“富国强兵”之术很感兴趣。

最关键的是，他曾经在公开场合点赞过老王的《上仁宗皇帝言事书》。

这一切，都是极好的预兆。

果然，朝廷的诏书很快就到了，王安石被任命为翰林学士兼侍讲。

他火速离开江宁，进京面圣。

在完美解释了“本朝何以享国百年”之后，他得到了神宗力挺，除了诞生于鄞县的“青苗法”，还有一系列大胆的想法，先后得以施行：

清理、丈量土地，按照土质的好坏，有区别地征收税赋，此为“方田均税法”；

按照百姓富裕等级，收取相应费用，用来兴修水利，此为“农田水利法”；

在经济发达城市设立“市易司”，商品滞销时买进，市场短缺时再卖出，以调节物价，保证物资供应，此为“市易法”；

精简军队，淘汰老弱病残和兵痞，提升战斗力，此为“裁兵法”；

另外，还改良科举考试，设立武学、医学、律学专科学校，培养专门人才……

在当时的条件下，能想出这些富国强兵之法，可以说很超前了。

其中有些做法甚至可以看成资本主义的萌芽，足见王安石智慧超群，勇气可嘉。

变法取得了明显成效，国库收入大幅增长，豪强地主和不法商人对农户的剥削得到抑制，“将不知兵、兵不知将”的军事短板也得以改善……

形势一片大好，王安石异常兴奋，满怀豪情：

爆竹声中一岁除，春风送暖入屠苏。

千门万户曈曈日，总把新桃换旧符。

——《元日》

新的一年，他还要推出更多的措施，与神宗一起将改革进行到底。

他高兴得有些早了。

新法的种种举措已经触犯到保守派的既得利益，加之北宋建国以来，文人士大夫都习惯了悠游安逸的生活，“人习于苟且非一日”，他们便联起手来，共同抵制变法。

北宋朝廷，从此吵个不停：

最先向新政发难的，是御史中丞吕诲。

他一口气罗列出王安石的多个缺点，“大奸似忠，大佞似信”，“改作立异，罔上欺下，文言饰非”，最后得出结论，“误天下苍生，必斯人也”。

数十位御史和谏官紧跟其后，纷纷发言，力挺吕诲。

很快，宋神宗就将他们赶出了朝廷。

但不论是降职，还是远调，都阻挡不住他们反抗的脚步。

几天后，保守派又开始对变法口诛笔伐：

苏轼指责王安石“求治太急，进人太锐”，欧阳修批评“青苗法”是“与民争利”，司马光连续喊话三次：“治国犹如居家，房子坏了，修修就是了，又没有坍塌，为什么要拆除重建？”

## | 五 |

时间在流逝，朝堂上的争辩始终没有停止。

好在宋神宗给了王安石全天候的支持。

遇有抗议，王安石拥有绝对的解释权。

解释无效，神宗就踢他们出京。

至于谁来补缺，王安石点头就行。

即便如此，还是杜绝不了各种杂音。

甚至宫里的皇太后、太皇太后都向神宗哭诉：“王安石乱天下……”

就这样，宋神宗、王安石，还有他们的新政，一直都在撕裂中前行。

改革着实不易。

真正的逆转，发生在公元 1074 年。

这年春季，久旱不雨，遍地都是灾民。

身为天子的宋神宗，很是忧虑，便问王安石：“这是上天在惩罚我吗？”

王安石安慰他：“即便尧舜执政，也难免遇上天灾，不足为虑，当前还是变法要紧。”

或许是这段对话，被人偷偷听到，又传到了反对派的阵营。

他们便指使一个叫郑侠的小官，画了一幅《流民图》，冒充紧急军报，传给了宋神宗。

图中的流民，凄苦无比，有的身背枷锁，衣不蔽体，有的拆房卖屋，卖子典妻，有的瘦骨嶙峋，以草根树皮充饥……

为了升华一下主题，郑侠还在图的下方，配上一段文字，断定旱灾就是变法所致，并预言免了王安石，十天之内，必有降雨。

郑侠还表示，如果预言不准，他愿以死谢罪。

触目惊心的画面，极具煽动性的语言，让神宗一夜未眠，他终于对变法产生了动摇。

四月初，王安石被免去中央一切职务，改任江宁知府。

当日，天降大雨。京师内外，一片雀跃欢呼。

既是天意如此，王安石也只能苦笑几声，临走前，他向皇帝推荐了吕惠卿。

这是他在选人用人上的又一重大失误。

变法初期，多名谏官因反对新政被免，王安石启用李定为御史。

正是这个生母去世都不愿服丧的李定，参与炮制了“乌台诗案”，让苏轼差点丢掉性命。

变法的队伍里出现这般小人，王安石的新政，自然备受质疑。

吕惠卿上位后，生怕王安石东山再起，危及自身权力，便挖空心思，网罗罪名，想陷害王安石。

但王大人的品质接近于完美，不贪财，不好色，除了不注重形象，不讲究卫生，其他的没毛病。

费了九牛二虎之力，吕惠卿总算找到了一点线索，有个涉嫌谋反的李士宁，曾经在王安石家做过客。

吕惠卿准备抓住这个把柄，弹劾王安石大不敬。

幸亏有人通风报信，王安石才及时赶回朝廷，澄清了罪名。

1075 年，在宋神宗的提议下，王安石再次拜相，本想重启新政，但吕惠卿的一通折腾，已经让变法尽失人心。

王安石寸步难行。

次年，又逢长子病逝，他便辞去官职，从此闲居江宁，只写诗词，少言政事。

墙角数枝梅，凌寒独自开。

遥知不是雪，为有暗香来。

——《梅花》

茅檐长扫净无苔，花木成畦手自栽。

一水护田将绿绕，两山排闼送青来。

——《书湖阴先生壁》

登临送目。正故国晚秋，天气初肃。千里澄江似练，翠峰如簇。

归帆去棹残阳里，背西风、酒旗斜矗。彩舟云淡，星河鹭起，画图难足。

念往昔、繁华竞逐。叹门外楼头，悲恨相续。千古凭高对此，谩嗟荣辱。六朝旧事随流水，但寒烟衰草凝绿。至今商女，时时犹唱，后庭遗曲。

——《桂枝香·金陵怀古》

## | 六 |

1085年，宋神宗去世，哲宗即位，太皇太后高氏听政。

同年，司马光拜相，全面废除新政。

变法派的所有官员，尽遭谪贬，伴至北宋灭亡的“元祐党争”，也由此拉开帷幕。

次年，王安石病逝于江宁，享年六十六岁。

王安石的变法，至死都未获得全面成功。

究竟是时代所限，还是新政不够完善，亦或是变法者刚愎自用、急躁冒进、所用非人?

个中原因，众说纷纭，千百年来，未有定论。

政治上的是非功过，自有历史评说。

我们还是回到人物本身，王安石死后，宋哲宗追赠他为“太傅”，诰命的起草者，是曾经的政敌、反对派的代言人苏轼。

在这篇《王安石赠太傅》中，有这样一段话：

名高一时，学贯千载：智足以达其道，辩足以行其言；瑰玮之文，足以藻饰万物；卓绝之行，足以风动四方。

如果觉得有些复杂，那就用另一个人的评价，来结束本文吧。

听闻王安石去世的消息，已经卧病在床的司马光，以宰相的身份，发布了最后一道政令："王安石不是坏人……朝廷应以厚礼葬之。"

# 苏轼

听从内心，无问西东

## | 一 |

公元 1084 年，黄州府衙内，人声鼎沸。

团练副使苏轼，今日离任，官方正在为其饯行。

酒过三巡，席间走出一人，绕至苏轼身边，取下身上披肩，请求题字留念。

见来者有些面生，苏轼一愣："敢问姑娘芳名？"

女子躬身行礼："妾身李宜，黄州歌妓，久仰先生大名，多次请求题诗，均未获公之赐。"

原来如此！

但为歌妓题诗危险系数略高，稍不留神，就会弄出一段绯闻，让辛苦积攒的人设毁于一旦。

苏轼纠结良久，终是不忍拒绝，便让李宜动手磨墨。

片刻，苏轼接过笔墨，题下两句七言：

东坡五载黄州住，何事无言及李宜？

写毕，入席，继续大块吃肉，大碗喝酒。

众人很是好奇："先生为何只写半篇？"

苏轼却笑而不语。

眼看宴席就要散场，李宜只得再次上前拜请。

苏轼一拍脑门："哎呀，实在抱歉，年纪大了，差点忘了这茬。"

连忙起身执笔，给这首《赠李宜》补上后两句：

恰似西川杜工部，海棠虽好不吟诗。

我在黄州五年，为何没给你写过只言片语？

这就好比酷爱海棠的杜甫，却从未给海棠题过诗句。

喜欢到了极点，就会忘记使用语言。

我的天，果然够惊艳。

满座之人，无不击节赞叹，随即觥筹交错，尽醉而散。

至于那个李宜，更是激动得满脸通红，恍若梦中。

当然，她并不知道，一次普通的席上见赠，会让她千古留名，惹来无数的羡慕嫉妒恨。

因为这个苏大诗人，千百年来，一直都在不停地圈粉、圈粉和圈粉。

## | 二 |

1037 年，苏轼出生于四川眉山。

苏家的远祖中最有名的一位读书人，是位列初唐"文章四友"的苏味道。

公元 705 年，洛阳城举办诗歌大赛，他即兴创作的《正月十五夜》一举夺魁，深受世人推崇：

火树银花合，星桥铁锁开。

暗尘随马去，明月逐人来。

游伎皆秾李，行歌尽落梅。

金吾不禁夜，玉漏莫相催。

苏轼的父亲苏洵则被写进了三字经：“苏老泉，二十七，始发愤，读书籍。”

少年苏洵游手好闲，不学无术，直到二十七岁时，才对读书产生兴趣，从此一发不可收，写起文章来，“下笔顷刻数千言”，但遗憾的是，终身未能金榜题名。

苏轼的母亲程夫人出身豪门望族，自幼饱读诗书，能与苏洵诗文唱和，还能指点孩子温习功课。

如此，苏轼兄弟俩的学业自是突飞猛进，小小年纪，常常语出惊人。

眉州名士刘微之曾做《鹭鸶》诗，“渔人忽惊起，雪片逐风斜。”正捻须颔首，自鸣得意，年仅十岁的苏轼，却当面点评：“鹭鸶被惊，羽毛不应‘逐风斜’，若改成‘雪片落蒹葭’，会更贴切。”

刘微之当场一愣，不禁感叹：“后生可畏，不服不行！”

如果说刘老先生的点赞，尚属一个长者的肯定和鼓励，不必沾沾自喜。

那么后来苏轼进京，当时的文坛领袖甚至九五之尊都对他颇有好评，这就足以证明，他的实力确实异于常人。

1056 年，苏洵、苏轼、苏辙父子三人，一同赴京赶考。

当年的主考官，是翰林学士欧阳修。

他很欣赏苏轼的文章，准备将其列为笔试第一，又觉得这个文风很是熟悉，以为是门客曾巩所作。

正直的欧阳大人，为了避嫌，只得忍痛割爱，将此卷列为第二等。

好在这样的调整，并没有影响苏轼的命运。

殿试结束，综合成绩发布，苏轼第二，苏辙第五，兄弟俩同登皇榜，一时轰动汴梁。

考取功名后，苏轼以门生的身份，向欧阳修致信谢恩。

欧阳修竟赞叹不已："读苏轼来信，不知为何，老夫竟流汗不止。看来我要赶紧避一避，好让他出人头地。"

文坛领袖如此夸奖一个后起之秀，实属少有，甚至他还说过这样的话："三十年后，无人再说我欧阳修。"

事实证明，他的确有先见之明。

从默默无闻的书生，一跃成为天子门生，苏轼兄弟自然无比兴奋。

只是尚未踏入仕途，母亲却突然病逝。父子三人只得火速赶回眉州，处理后事。

守孝期满，适逢仁宗开考制科，苏轼兄弟俩一起参考，哥哥得第三等，弟弟得第四等。

制科考试中，第一、第二等均为虚设，有宋以来，获得第三等的，苏轼是第二人。

据说殿试结束后，仁宗高兴地对皇后说："朕今天为后世选了两个宰相。"

天子给予厚望，苏轼兄弟俩当然欣喜异常。

只是不知道多次落榜的苏洵听闻此话，心里是高兴，还是郁闷？

莫道登科易，老夫如登天。

莫道登科难，小儿如拾芥。

1061 年，苏轼被授职大理评事、签书凤翔府判官。

四年后，任期结束，苏轼返回京师。

此时的英宗皇帝早闻苏轼大名，想让他进入翰林院，担任机要秘书。

宰相韩琦却百般阻扰，说年轻人进步太快，不利于日后成长。无奈，英宗只得让苏轼任职史馆，负责编修国史。

虽然级别不高，但好歹是个京官，加之史馆藏书众多，苏轼倒也自得其乐。

只是随后发生的两件事，却让苏轼悲伤不已。

这一年五月，妻子王弗去世，年仅二十六岁。

嫁给苏轼的十年间，丈夫不是在外求学，就是异地为官，赡养苏母、抚养孩子的重任全都落在她一人之身。

每念至此，苏轼都愧疚万分。

苏洵也提醒儿子："不要忘了，她跟你吃了不少苦。"

苏轼当然不会忘记。

多年后，在密州任上，苏轼夜里梦见王氏，心里久久不能平静，便披衣而起，写下了这首“有声当彻天，有泪当彻泉”的《江城子·记梦》：

十年生死两茫茫，不思量，自难忘。千里孤坟，无处话凄凉。纵使相逢应不识，尘满面，鬓如霜。

夜来幽梦忽还乡，小轩窗，正梳妆。相顾无言，惟有泪千行。料得年年肠断处，明月夜，短松冈。

次年四月，苏洵去世。苏轼兄弟俩辞去官职，回到家乡守制。

三年后，苏轼续弦，妻子是王弗的堂妹，二十岁的王闰之。

新婚不久，苏轼便回到京师，继续担任原职。

1069 年，宋神宗启用王安石，推行新政。

由于改革力度过大，加之州县官员为求政绩，层层加码，弄得怨声载道，民不聊生。

诸多老臣连番上书，请求皇帝停止变法，但效果不大。

在神宗眼里，王安石永远都是对的。

安石以为贤则贤，以为愚则愚；以为是则是，以为非则非。谄附安石者，谓之忠良；攻难安石者，谓之谗慝。

——《邵氏闻见录》

皇帝的支持，再加上一些才华平庸却阴险狡诈之人的助力，王安石为了推行新政，得罪了一大批人。

期间，欧阳修、司马光等旧派元老先后辞职，闭门修书，不问政事。

至于苏轼，他并不反对变法，只是不认同王安石执政的方式和方法。

在他看来，无论是新法还是旧政，百姓安康、社稷安稳，才是衡量成败最好的标准。

于是，身为八品小吏的苏轼，多次上书朝廷，批判新政，甚至直言，新政不停，天下不平。

今日之政，小用则小败，大用则大败！若力行不已，则乱亡随之！

改革派得知后，大为恼怒，立即建议朝廷外放苏轼。

神宗御批："与知州差遣"，意思是可以出去当个太守，但新党之人坚决不同意，硬是让中书省改为"杭州通判"。

就这样，1072 年，苏轼第一次来到了杭州。

## | 三 |

通判是州府长官的副职，无需独当一面，工作之余，苏轼可以有更多的空闲赏山水美景，访名妓高僧，品香茗，写诗文：

水光潋滟晴方好，山色空蒙雨亦奇。

欲把西湖比西子，淡妆浓抹总相宜。

——《饮湖上初晴后雨》

黑云翻墨未遮山，白雨跳珠乱入船。

卷地风来忽吹散，望湖楼下水如天。

——《望湖楼醉书》

凤凰山下雨初晴，水风清，晚霞明。一朵芙蕖，开过尚盈盈。何处飞来双白鹭，如有意，慕娉婷。

忽闻江上弄哀筝，苦含情，遣谁听！烟敛云收，依约是湘灵。欲待曲终寻问取，人不见，数峰青。

——《江神子·江景》

在杭州，苏轼遇见了歌妓朝云，这是他生命中第三个重要的女人。

在夫人王闰之的撮合下，十二岁的朝云进入苏府，成为婢女。

1074年，京师监门小吏郑侠画《流民图》，图中灾民衣不蔽体，争食草根树皮，神宗见后，竟眼含热泪，“寝不能寐”。

加之太皇太后与皇太后均向神宗哭诉“王安石乱天下”，皇帝终于对变法产生了动摇，将王安石罢相，外放为江宁知府。

同年，苏轼杭州任期已满，因苏辙在济州任职，便申请调往山东，担任密州太守，三年后，又转任徐州太守。

初次主政一方，苏轼没有让百姓失望，惩治贪官，维护治安，兴修水利，抗洪抢险，政绩斐然。

在密、徐两州，苏大人公务之余，也是笔耕不辍，写下不少名篇佳作：

春未老，风细柳斜斜。试上超然台上看，半壕春水一城花。烟雨暗千家。

寒食后，酒醒却咨嗟。休对故人思故国，且将新火试新茶。诗酒趁年华。

——《望江南·超然台作》

老夫聊发少年狂，左牵黄，右擎苍，锦帽貂裘，千骑卷平冈。为报倾城随太守，亲射虎，看孙郎。

酒酣胸胆尚开张。鬓微霜，又何妨！持节云中，何日遣冯唐？会挽雕弓如满月，西北望，射天狼。

——《江城子·密州出猎》

明月几时有？把酒问青天。不知天上宫阙，今夕是何年。我欲乘风归去，又恐琼楼玉宇，高处不胜寒。起舞弄清影，何似在人间。

转朱阁，低绮户，照无眠。不应有恨，何事长向别时圆？人有悲欢离合，月有阴晴圆缺，此事古难全。但愿人长久，千里共婵娟。

——《水调歌头（明月几时有）》

特别是这首《水调歌头》，被后世评为“中秋词第一”，这是继制科考试“百年第一”、《江城子》“千古悼亡词第一”之后，苏轼获得的又一殊荣：

中秋词，自东坡《水调歌头》一出，余词俱废。

——[宋]胡仔《渔隐丛话》

1079年，苏轼调任湖州太守。

按照惯例，上任伊始，苏轼应向皇帝呈报《谢恩表》。

就是这样一封普通的公文，却给苏轼带来了无妄之灾。

王安石虽已退隐金陵，但改革派的其他人依旧在朝中担任要职。欧阳修去世，司马光致仕后，他们便将毒手伸向了旧党的代言人苏轼。

监察御史里行何正臣、舒亶（dǎn），国子博士李宜之、御史中丞李定等人先后发难，找出苏轼《谢恩表》里的句子：“陛下知其愚不适时，难以追陪新进；察其老不生事，或能牧养小民。”称苏轼“愚弄朝廷”，“妄自尊大”，“包藏祸心”。

又翻出苏轼多年前写的文章《灵璧张氏园亭记》，其中有句：“古之君子，不必仕，不必不仕。必仕则忘其身，必不仕则忘其君。”他们认为此话实属大逆不道，“天下之人，仕与不仕”，都应该“不敢忘其君”。

在谏官的轮番轰炸之下，神宗也只得妥协，下旨免去苏轼职务，并押解入京受审。

尽管驸马王诜（shēn）提前透露了消息，远在湖州的苏轼已经有了心理准备。但他不确定自己犯下何罪，又见钦差来势汹汹，难免有些惊慌失措，一直躲在州衙内，迟迟不敢出来。

通判劝他：“朝廷的人都来啦，躲着也不是办法。”

苏轼则问：“我是穿便服，还是穿官服去见他们？”

通判回答：“你还没有被定罪呢，当然是穿官服。”

苏轼便换上官服，走出里屋。

钦差二话没说，吩咐士兵押住苏轼，绑起便走：

顷刻之间，拉一太守，如驱鸡犬。

——[宋]孔平仲《孔氏谈苑》

到了京师，苏轼被关进了御史台（又称“乌台”）。

“遥怜北户吴兴守，诟辱通宵不忍闻。”狱中的苏轼受尽折磨。

但苏轼毕竟是苏轼，再恶毒的脏水，也玷污不了他灵魂的高贵。

除了那些奸邪宵小欲置之死地而后快，更多的人，都期盼终有一天，朝廷会还苏轼一个清白。

弟弟苏辙上书天子，愿用自己的职位，替兄长赎罪。

杭州、湖州的百姓自发为苏轼做解厄道场，祈祷好人一生平安。

狱卒梁成，每天夜里都会烧盆热水，让苏轼泡脚暖身。

就连当年的政敌王安石，也专门致信神宗：“安有圣世而杀才士乎？”

神宗历来瞧不起曹操，宰相吴充却道：“魏武帝那么猜忌多疑，尚能容忍击鼓骂曹的祢衡，您怎么就容不下一个苏轼呢？”

神宗竟无言以对。

太皇太后曹氏病重，皇帝希望大赦天下，为祖母祈福。

曹氏却说：“别整那么大动静，你放了苏轼就行。”

终于，苏轼获释，被贬为黄州（湖北黄冈）团练副使，王诜被削去官爵，苏辙被降职为筠州监酒。

出狱后，苏轼做的第一件事就是写诗：

平生文字为吾累，此去声名不厌低。

塞上纵归他日马，城东不斗少年鸡。

秀官彭泽贫无酒，隐几维摩病有妻。

堪笑睢阳老从事，为余投檄向江西。

——《十二月二十八日，蒙恩责授检校水部员外郎黄州团练副使，复用韵二首》

诗歌以戏谑反讽的笔法，道出了对奸邪宵小的蔑视，风格及内容竟与入狱前的几首“罪诗”出奇地一致。

放下纸笔的苏轼也大笑不已："子瞻啊子瞻，你真是伤疤未愈就忘了疼啊！"

## | 四 |

1080 年，苏轼抵达黄州。

谪迁至此的苏轼，虽落寞却不孤独。

弟弟苏辙，除了定期鸿雁传书，嘘寒问暖，还让几个女婿轮番前往黄州，陪伴伯父。

眉州同乡巢谷特意赶过来担任苏家的塾师，不仅分文不取，还带上床铺和炊具，自行解决吃和住。

陈季常，当年苏轼的顶头上司、凤翔知府陈希亮的公子，硬是在四年之内，看望苏轼七回，每次离别，两人都是难分难舍：

送君四十里，只使一帆风。

江边千树柳，落我酒杯中。

此行非远别，此乐固无穷。

但愿长如此，来往一生同。

……

——《陈季常见过三首》

此外，老朋友马梦得见苏轼缺衣少食，连忙向州衙申请了一块废旧营地，帮他开荒耕种，解决燃眉之急。

对于这块宝地，苏轼极为爱惜，特意取名为"东坡"。"东坡居士"

之号，便由此而来。

还有黄州的太守徐大受，本有监督罪官之责，却对苏轼百般关照，“相待如骨肉”。

这天，苏轼大醉后，曾作词一首：

夜饮东坡醒复醉，归来仿佛三更。家童鼻息已雷鸣。敲门都不应，倚杖听江声。

长恨此身非我有，何时忘却营营。夜阑风静縠纹平。小舟从此逝，江海寄余生。

——《临江仙（夜饮东坡醒复醉）》

次日，有人根据这首词，炮制出“苏轼已经逃离黄州”的谣言，在当地疯传。

徐大受吓出一身冷汗，赶紧跑到苏家，见东坡先生仍在熟睡，鼾声如雷，这才放下心来。

在黄州，除了友人相助，亲情的温暖也给了苏轼莫大的鼓舞。

夫人王闰之温婉贤惠，勤俭持家，悉心照料两个孩子苏迨、苏过，对长子苏迈也是视同己出。

至于侍女朝云，业已长大成人，被苏轼纳为侍妾后，生下一名男婴，东坡取其名为苏遁，并作《洗儿》诗一首，个中寓意，不言自明：

人皆养子望聪明，我被聪明误一生。

惟愿孩儿愚且鲁，无灾无难到公卿。

谪居生活自是艰苦，但可爱的苏先生，已经开始苦中作乐。

将小红豆和大麦掺在一起做成饭，谓之“东坡二红饭”；黄州的猪肉很便宜，囊中羞涩的苏轼，自然高兴无比："早晨起来打两碗，饱得自家君莫管。"

他还特别喜欢酿酒，尽管工艺很差、味道很苦，依然自信爆棚地号称"三日开瓮香满城"。

吃完自制美食，苏轼便开始寻找风景名胜，游山玩水间又留下不少传世经典：

莫听穿林打叶声，何妨吟啸且徐行。竹杖芒鞋轻胜马，谁怕？一蓑烟雨任平生。

料峭春风吹酒醒，微冷，山头斜照却相迎。回首向来萧瑟处，归去，也无风雨也无晴。

——《定风波（莫听穿林打叶声）》

山下兰芽短浸溪，松间沙路净无泥，萧萧暮雨子规啼。谁道人生无再少？门前流水尚能西，休将白发唱黄鸡。

——《浣溪沙（山下兰芽短浸溪）》

甚至，在"无与为乐"的夜晚，他也没有闲着，不忘出去走两步，写两句：

元丰六年十月十二日夜，解衣欲睡，月色入户，欣然起行。念无与为乐者，遂至承天寺寻张怀民。怀民亦未寝，相与步于中庭。庭下如积水空明，水中藻荇交横，盖竹柏影也。何夜无月？何处无竹柏？但少闲人如吾两人者耳。

——《记承天寺夜游》

当然，在黄州，苏轼最精彩的作品都与一个叫"赤壁"的地方有关，除了前后《赤壁赋》，流传最广的便是这首千古绝唱《念奴娇·赤壁怀古》：

大江东去，浪淘尽，千古风流人物。故垒西边，人道是，三国周郎赤壁。乱石穿空，惊涛拍岸，卷起千堆雪。江山如画，一时多少豪杰。

遥想公瑾当年，小乔初嫁了，雄姿英发。羽扇纶巾，谈笑间，樯橹灰飞烟灭。故国神游，多情应笑我，早生华发。人生如梦，一尊还酹江月。

1084年，在高太后的频频提醒下，神宗皇帝终于意识到，“人才实难，不忍终弃”，便让苏轼调任汝州。

途中，苏轼路经庐山，写下了《题西林壁》：

横看成岭侧成峰，远近高低各不同。

不识庐山真面目，只缘身在此山中。

过金陵时，幼子苏遁病亡，苏轼痛心不已，便上书朝廷，请求留在常州。皇帝恩准。

次年，神宗驾崩，哲宗即位，高太后临朝听政，司马光重新拜相，苏轼也由此迈入仕途的巅峰：

先任登州太守，四个月后，入京担任礼部郎中，半个月后，升为起居舍人，三个月后，提拔为中书舍人，不久，又升为翰林学士、知制诰，距离相位仅一步之遥。

1086年，王安石、司马光先后去世，身居高位的苏轼，多次仗义执言，整肃贪腐，抨击党争，成了诸多政治派系的肉中刺、眼中钉，各种弹劾如同雪花般飞来。

尽管有高太后全力庇护，苏轼终是不胜其烦，一再请求外放。

1089 年，苏轼以龙图阁学士出任杭州太守。

在杭州任上，他治理西湖，筑苏公堤，开设官办医院，忙得不亦乐乎，但两年后又被召还朝，担任翰林学士。

过了几个月，他再次遭到政敌弹劾，先后被外放颍州、扬州。不到一年，又回京担任兵部尚书兼侍读，后迁翰林侍读学士、礼部尚书。

过山车般的职务调整，已经让苏轼有些目眩头晕。殊不知，还有一波更高的恶浪，即将汹涌袭来。

## | 五 |

1093 年，苏轼的第二任妻子王闰之去世，一个月后，高太后病逝，哲宗执政，再度启用新党。

当月，苏轼即被外放，任定州太守。

次年，五十九岁的苏轼，被贬为英州（广东英德）太守。

赴任途中，他又连续接到三篇诏令，先是官降一等，后又改任建昌军司马，惠州安置，接着又被贬为宁远军节度副使，仍然惠州安置。

这样的节奏，分明是新党有意为之，好让他彻底断掉北归的念头。

在侍妾朝云和儿子苏过的陪伴下，年近花甲的苏轼，终于到了惠州。

初到岭南，苏轼便帮助当地百姓修桥筑路，改良农具，施药救人，写下的文字里，满是革命乐观主义：

苏武岂知还漠北，管宁自欲老辽东。

岭南万户皆春色，会有幽人客寓公。

——《十月二日初到惠州》

罗浮山下四时春，卢橘杨梅次第新。

日啖荔支三百颗，不辞长作岭南人。

——《食荔支二首，并引（其二）》

但一年后，侍妾朝云病逝，让谪居化外之地的苏轼倍感凄凉与痛心。

不久，苏轼在惠州早期的诗作传回京师，新党之人读到后，才知道他在岭南的小日子过得不错，随即又是一道诏令，将六十二岁的苏轼贬为琼州别驾，儋州（海南儋县）安置。

与此同时，苏辙也被贬至雷州（广东雷州），苏轼听说后，便与弟弟约定，会面于藤州（广西藤县），然后同行至雷州。

几天后，苏轼启程前往海南。生离死别之际，他写下了这样的文字：

某垂老投荒，无复生还之望。春与长子迈诀，已处置后事矣。今到海南，首当做棺，次便做墓。仍留手疏与诸子，死即葬于海外，生不契棺，死不扶暝，此亦东坡之家风也。

——《与王敏仲八首（其一）》

到了海南，“食无肉，病无药，居无室，出无友，冬无炭，夏无寒泉”，但苏轼仍然把这里当成了第二故乡。

他曾笑称：“吾上可陪玉皇大帝，下可以陪卑田院乞儿，眼前见天下无一个不好人。”很快便和当地百姓打成一片，帮助他们垦荒耕种，挖井取水，开方治病，创办学堂，讲学明道。

海南历史上第一位进士姜唐佐，就是苏轼在儋州的高足。

1098 年的上元节，儋州知府宴请苏轼父子。

酒过三巡，东坡先生遥望天边圆月，思乡之情，油然而生：

使君置酒莫相违，守舍何妨独掩扉。

静看月窗盘晰蜴，卧闻风幔落蛜蝛。

灯花结尽吾犹梦，香篆消时汝欲归。

搔首凄凉十年事，传柑归遗满朝衣。

——《上元夜过赴儋守召独坐有感》

得知苏轼被贬儋州，妻弟王箴、诗僧参廖、道士吴复古等故友亲朋，都不远千里前来探望。

尽管山高路险，有人艰难成行，有人被迫而返，但患难之中的真情，格外感人。

特别是同乡巢谷，从眉山出发，先到雷州看望苏辙，再只身渡海，未至儋州，竟客死他乡。

苏轼闻此噩耗，自是大哭一场。

就在苏轼认为北归无望之际，事情出现了转机。

1100 年，哲宗病逝，徽宗登基，神宗之妻向氏以皇太后身份执政，苏轼旋即被调为廉州安置，随后又改为舒州团练副使、永州安置。

苏轼离开儋州之日，当地百姓排着长队，自发前来送行。面对淳朴善良的父老乡亲，苏轼情难自禁，感慨万分：

参横斗转欲三更，苦雨终风也解晴。

云散月明谁点缀，天容海色本澄清。

空余鲁叟乘桴意，粗识轩辕奏乐声。

九死南荒吾不恨，兹游奇绝冠平生。

——《六月二十日夜渡海》

苏轼北归途中，所到之处，也是万人空巷。

他的众多铁粉都争相一睹大师风采，纷纷邀请他题字写诗。面对如此盛情，苏轼当然来者不拒，一一应允。

五月，苏轼准备前往常州居住，路经润州金山寺，见到昔日好友所画东坡之像，不禁百感交集，遂题壁作记：

心似已灰之木，身如不系之舟。

问汝平生功业，黄州惠州儋州。

——《自题金山画像》

六月，骄阳似火，酷暑逼人，苏轼患上了痢疾，之后，身体便每况愈下。

抵达常州后，苏轼高烧不退，却拒绝服用任何药物，并开始交代后事，让苏辙为其撰写墓志铭，要葬于弟弟居住的嵩山附近。

七月二十八日，苏轼病逝，终年六十五岁。

## | 六 |

苏轼以文名垂青史。

他率先破除诗尊词卑的观念，提倡“以诗为词”，开拓词境，改革词体，突破词为“艳科”的传统格局，提高了词的文学地位。

东坡独崇气格，箴规柳、秦，词体之尊，自东坡始。

——陈洵

他是北宋诗坛第一大家，其诗取材广泛，寓意深刻，风格多样，且以豪放为主，笔力纵横，极具理趣，颇有浪漫主义色彩。

苏轼之诗，其境界皆开辟古今之所未有，天地万物，嬉笑怒骂，无不鼓舞于笔端。

——爕星期

他是继欧阳修之后的北宋古文运动领袖，其文行文流水，挥洒自如，雄辩滔滔，气势雄放。

盖其天资不凡，辞气迈往，故落笔绝尘耳。

——王若虚

苏轼不仅仅以文名垂青史。

“文章妙天下，忠义贯日月”，面对新旧党争，苏轼“忠义许国，遇事敢言”，不计个人前程，只为百姓请命，纵使连遭谪迁，依然听从内心，爱我所爱，行我所行，进退自如，宠辱不惊：

公不以一身祸福，易其忧国之心，千载之下，生气凛然。

——陆游

此外，苏轼还是画家、书法家、美食家、工程师和段子手，“是一个无可救药的乐天派、一个伟大的人道主义者、一个百姓的朋友”……

这便是苏轼，千年之前的文坛宗师，却仿佛就在你我身边，从未走远。

# 晏几道

繁 华 散 尽 ， 痴 心 不 改

## | 一 |

北宋元丰年间，词人晏几道正站在屋外，端着酒杯，吟咏刚刚创作的《阮郎归》：

天边金掌露成霜，云随雁字长。绿杯红袖趁重阳，人情似故乡。

兰佩紫，菊簪黄，殷勤理旧狂。欲将沉醉换悲凉，清歌莫断肠！

一番摇头晃脑之后，晏几道很是满意："也罢，即便一无所有，能咏三两妙句，足矣。"

"谁说晏兄一无所有？"校书郎黄庭坚朗声一笑，走到晏几道身旁，"凡有井水处，皆有小山长短句，我们可很是羡慕。"

"黄兄谬赞了。"晏几道放下酒杯，连连抱拳。

黄庭坚突然发问："兄台潜心六艺，学贯古今，却为何只写离愁别恨，不论社稷江山呢？"

晏几道一声苦笑："我小心翼翼，谨言慎行，尚且有人加害于我，如果直言无忌，愤而吐之，后果可想而知。"

黄庭坚点了点头："原来如此……另外，兄台的词令，在坊间广受欢迎，打算结集传世吗？”

晏几道犹豫片刻，才作出回应：“以后再说吧，到时候请你作序啊。”

“没问题。”黄庭坚满口答应，“书名我都想好了，就叫《小山词》。”

晏几道哈哈大笑：“不错，不错，以号为名，简单粗暴，必定畅销。”

说完，两人又是一阵大笑，转身走进屋里，继续觥筹交错，宴饮作乐。

| 二 |

公元1038年（一说1041年），晏几道出生于汴京。

他的家庭，是货真价实的豪门望族和书香门第。

父亲晏殊，深受皇室信任，官至同平章事（宰相），是赫赫有名的“富贵词人”，而且“平居好贤”，欧阳修、范仲淹等名士都出自他的门下。

作为晏殊的“暮子”，晏几道自幼聪明好学，极具文学天赋，深得父亲宠爱。

晏殊经常借大宴宾客之机，让他展示老晏家优良的文学基因，大部分情况下都能赢得满堂喝彩。

直到晏几道八岁那年，出现了一个小意外。

话说这一天，晏殊的家里，又是高朋满座，政界要人、文坛大咖，济济一堂。

席间，又有歌舞佐酒，诗词助兴，这边“对酒当歌，人生几何”，那里“盛时不再来，百年忽我遒”，屋内外充满了快活的空气，以及浓郁的文艺气息。

说实在的，那年头不懂点七言八句，还真蹭不了高端饭局。

酒过三巡、诗兴正浓之时，晏殊又喊出了晏几道。

原以为小家伙和往常一样，会来几句“时光只解催人老”“满目山河空念远”什么的，没想到晏几道眼珠一转，张口就是：“酒力渐浓春思荡，鸳鸯绣被翻红浪。”

话音一落，全场鸦雀无声。

但凡空气突然安静，个中必有原因。

晏几道却不明所以，依旧忽闪忽闪地，眨着一双大眼睛。

这两句词，出自柳永的《蝶恋花·凤栖梧》，不仅香艳无比，少儿不宜，最关键的是，圈内人都知道，晏殊向来瞧不上柳永。

当年柳永因填词冒犯皇帝，被朝廷罢黜后，相当郁闷，曾登门拜访晏殊，寻求心灵慰藉和精神支持。

晏殊问他：“你作曲子吗？”

柳永回答：“和相公一样，也喜欢填词作曲。”

晏殊一声冷哼：“我虽然填词，却从来不会写‘针线闲拈伴伊坐’之语。”

柳永一下子愣在原地，难堪之极。

现在倒好，大庭广众之下，自己的孩子却背起了恶俗之句。

难怪晏殊的脸上火烧火辣，半晌都说不出话。

真正的兴趣是阻挡不住的，晏几道对填词的热爱，根本停不下来。

好在晏府的环境比较宽松，少年晏几道，在富贵悠游之余，留下了不少词作：

金鞭美少年，去跃青骢马。牵系玉楼人，绣被春寒夜。

消息未归来，寒食梨花谢。无处说相思，背面秋千下。

——《生查（子金鞭美少年）》

不出几年，便颇有才名，连天子都成了他的铁粉。

庆历年间，开封府和大理寺同日上奏朝廷，称法纪严明、天下大治，各地没有犯上犯乱，也没有冤案积案，仁宗很是高兴，马上组织宴饮。

果然很宋朝，一言不合，就宴饮作乐。

皇帝特意召晏几道入宫，填词助兴。

这位少年才子，当然没有让天子失望，即兴写下一首《鹧鸪天（碧藕花开水殿凉）》，字里行间，满满的正能量：

碧藕花开水殿凉。万年枝外转红阳。升平歌管随天仗，祥瑞封章满御床。

金掌露，玉炉香。岁华方共圣恩长。皇州又奏圜[yuán]扉静，十样宫眉捧寿觞。

“大称上意”后，晏几道再次名满天下。

1055年，晏殊病逝。

朝廷给了极高的礼遇，追赠晏殊“三公”，谥为“元献”，仁宗还特意罢朝两天，亲自前去吊唁，这是晏府最高也是最后的荣耀。

已过束发之年的晏几道也享受到了恩荫，被授职太常寺太祝。

蒙荫授官，是“世袭制”在宋朝的变异，只不过，为了达到某种平衡，朝廷又附加了两条规定，一是蒙荫之人只能授八品以下的低等官职，二是日后改官，必须通过进士考试。

或许正因如此，才使得晏几道日后沉沦下僚，屡不得志。

但此时的晏几道，对晏府的家世和自身的才华都充满了绝对自信，从不担心以后的生活，照样锦衣玉食、逍遥快活。

好友沈廉叔、陈君龙家有莲、鸿、蘋、云四位歌女，遇有宴饮，都会出来佐酒。

晏几道每有新词，也会拿给她们演唱。

莲、鸿、蘋、云四位歌女的名字，便伴随着晏几道的词令流传至今：

梅蕊新妆桂叶眉，小莲风韵出瑶池。云随绿水歌声转，雪绕红绡舞袖垂。

伤别易，恨欢迟。惜无红锦为裁诗。行人莫便消魂去，汉渚星桥尚有期。

——《鹧鸪天（梅蕊新妆桂叶眉）》

小梅枝上东君信。雪后花期近。南枝开尽北枝开。长被陇头游子、寄春来。

年年衣袖年年泪。总为今朝意。问谁同是忆花人。赚得小鸿眉黛、也低颦。

——《虞美人（小梅枝上东君信）》

秋风不似春风好。一夜金英老。更谁来凭曲阑干。惟有雁边斜月、照关山。

双星旧约年年在。笑尽人情改。有期无定是无期。说与小云新恨、也低眉。

——《虞美人（秋风不似春风好）》

这应该是晏几道最快乐的一段时光，多年以后，他与小蘋异地重逢，内心深处，仍是说不尽的伤感与怅惘：

梦后楼台高锁，酒醒帘幕低垂。去年春恨却来时，落花人独立，微雨燕双飞。

记得小蘋初见，两重心字罗衣。琵琶弦上说相思，当时明月在，曾照彩云归。

——《临江仙（梦后楼台高锁）》

## | 三 |

1074 年，晏几道遇上了人生中最大的挫折。

那一年，王安石倡导的变法运动，正推行得如火如荼，新旧两党之争，却始终未停。

在这场席卷全宋的浪潮中，无人能够远离漩涡，即便是昔日相府

碧云天，黄叶地，秋色连波，波上寒烟翠。
山映斜阳天接水，芳草无情，更在斜阳外。
黯乡魂，追旅思，夜夜除非，好梦留人睡。
明月楼高休独倚，酒入愁肠，化作相思泪。

——［宋］范仲淹《苏幕遮》

碧云冉冉蘅皋暮。彩笔新题断肠句。若问闲愁都几许。一川烟草，满城风絮。梅子黄时雨。

——［宋］贺铸《青玉案》

陌上花开蝴蝶飞，江山犹是昔人非。
遗民几度垂垂老，游女长歌缓缓归。
——［宋］苏轼《陌上花三首》

里的公子，也无法置身事外。

晏殊的门人欧阳修，因反对变法，提前退休，已于三年前病逝。

晏殊的女婿富弼，曾官至宰辅，因拒不推行“青苗法”，被外放出京。

富弼的内弟、晏几道的哥哥晏承裕，因在娼妓家中寄宿，被御史弹劾，罢官免职。

富弼的女婿、“连中三元”的参知政事冯京，本来深受神宗信任，却因上万言书抨击新政，被贬至亳州。

还有司马光、苏轼……不是退隐，就是停职，旧党的骨干力量，几乎被赶尽杀绝。

直到小吏郑侠绘了那幅《流民图》。

新党连夜抓住郑侠，抄了他的家。

他们没有搜到金银财宝，却发现了晏几道写给郑侠的一封信：

小白长红又满枝，筑毬场外独支颐。

春风自是人间客，主掌繁华得几时？

——《与郑介夫》

人无千日好，花无百日红，看你们能嚣张到何时？

这针对性，可以说很明显了。

朝廷马上将晏几道列为郑侠同党，抓捕归案。

所幸神宗皇帝也是个小文青，非常喜欢这首诗，晏几道才得以获释。

不是进士出身，又卷入政治漩涡，后来的晏几道，便一直在基层徘徊，仕途上没有任何起色。

当然，他也努力地尝试过，希望能改变点什么。

元丰年间，晏几道接到新任命，监颍昌许田镇。

得知顶头上司、颍昌知府，是晏殊的弟子韩维，晏几道心里一阵小激动，上任之初，就带上自己的新作《浣溪沙》，前往帅府干谒，希望得到提携：

铜虎分符领外台，五云深处彩旌来。春随红旆过长淮。

千里袴糯添旧暖，万家桃李间新栽。使星回首是三台。

不料，韩大人读完这篇《浣溪沙》后，却给了他六个字的评语："才有余，德不足。"还"语重心长"地说了这样一番话：

愿郎君捐有余之才，补不足之德，不胜门下老吏之望。

你能少写点华而不实的文章，多做一些有功有德的事，也算不辜负我这个"门下老吏"的一片苦心了。

苦心，苦心在哪儿呢?

世态炎凉，人心不古，晏殊去世，晏府衰败后，这些冠冕堂皇的腔调，晏几道已经听得够多了。

算了，还是安心地读书习文、填词作曲吧。

仕途不如意，晏几道的小令，却写得愈发精致和深情：

彩袖殷勤捧玉钟，当年拚却醉颜红。舞低杨柳楼心月，歌尽桃花扇底风。

从别后，忆相逢，几回魂梦与君同。今宵剩把银釭照，犹恐相逢是梦中。

——《鹧鸪天（彩袖殷勤捧玉钟）》

醉拍春衫惜旧香。天将离恨恼疏狂。年年陌上生秋草，日日楼中到夕阳。

云渺渺，水茫茫。征人归路许多长。相思本是无凭语，莫向花笺费泪行。

——《鹧鸪天（醉拍春衫惜旧香）》

## | 四 |

元祐年间，晏几道已经是北宋词坛大师级别的人物，粉丝无数，仰慕者众。

连翰林学士苏轼都托黄庭坚带话，希望晏几道能赏个脸，有时间一起喝喝茶。

晏几道却微微一笑："今天的政事堂中，半数以上，都是老晏家的旧客，我都没空见他们，你就更不用说了。"

言下之意就是，膜拜我的多了，你算老几?

各位东坡粉，可能很扎心。

其实很正常，自古文人相轻，人人相轻。

你仰望的，或许只是别人俯视的。

苏轼，柳永，晏几道，概莫能外。

1102 年，因为在任时政绩突出，"积有闻誉"，晏几道由乾宁军通判改任开封府推官，三年后，又遇升迁。

年逾花甲的晏几道早已看穿了变迁浮沉，接到任命的诏书后，却辞去官职，退居京城。

重阳节和冬至，宰相蔡京先后两次登门，请他作词，以歌咏盛世。

晏几道给了相爷几分薄面，没有直言相拒，写下两首《鹧鸪天》：

一

九日悲秋不到心。凤城歌管有新音。风凋碧柳愁眉淡，露染黄花笑靥深。

初见雁，已闻砧。绮罗丛里胜登临。须教月户纤纤玉，细捧霞觞滟滟金。

二

晓日迎长岁岁同。太平箫鼓间歌钟。云高未有前村雪，梅小初开昨夜风。

罗幕翠，锦筵红。钗头罗胜写宜冬。从今屈指春期近，莫使金尊对月空。

满篇的歌舞升平，金玉锦绣，完全符合主旋律的要求，只是从头到尾，未提宰相大人一字，任由蔡京的一张老脸黑成了开封府的包青天。

此时的晏几道，功名利禄都视若浮云，又岂会恭维逢迎？不违心，只随性，这才是最彪悍的人生。

## | 五 |

1110 年，古稀之年的晏几道病逝。

晏几道没有走传统文人科举入仕的道路，在政治上也没有大的作为，关于他的生平事迹，正史中几乎没有任何记载。

但一部《小山词》，足以让他名垂青史。

虽然叶嘉莹说，与父亲相比，晏几道的小令“狭隘而浅薄”，但更多的人则认为，大晏、小晏“成就不同，体貌各具”，黄庭坚在《小山词序》中，更是称其“清壮顿挫，能动摇人心”。

当然，在这篇序言中，最引人注目的，还是黄庭坚为晏几道的生平写下的“四痴”之论：

仕宦连蹇，而不能一傍贵人之门，是一痴也。论文自有体，不肯一作新进士语，此又一痴也。费资千百万，家人寒饥，而面有孺子之色，此又一痴也。人百负之而不恨，己信人，终不疑其欺己，此又一痴也。

朋友圈很强大，但仕途再不顺，也不屑于依傍贵人；文采出众，妙笔生花，却不作阿谀奉承之语、不写科举应试之文；哪怕自己和家人忍饥挨饿，也可以为朋友一掷千金；宁可人负我，我绝不负人，他人虐我千百遍，我待他人如初恋。

真是太倔强了。

但与那些醉心名利、趋炎附势之人相比，这份骨子里的倔强，又何尝不是一种高贵的坚守？

# 苏辙

我把皇帝骂到怀疑人生

## | 一 |

公元 1061 年，汴梁垂拱殿。

司马光、范镇、蔡襄、胡宿等一众官员，正立在仁宗跟前。

君臣讨论的是今日殿试中考生苏辙的策论：

陛下自近岁以来，宫中贵姬至以千数，歌舞饮酒，欢乐失节，坐朝不闻咨谟，便殿无所顾问。

陛下择吏不精，百姓受害于下，无所告诉，则是陛下未得以生结民也。

陛下赋敛繁重，百姓日益贫困，衣不盖体，则是陛下未得以财结民也。

吏之不仁，尚可以为吏之过，赋敛之不仁，谁当任其咎？

今陛下又发德音，分遣使者巡行天下，或以宽恤，或以减省，或以均税，名号纷纭而出。

然臣以为陛下惑于虚名，而未知为政之纲也。

皇上，您后宫佳丽无数，天天笙歌燕舞，上朝不听政事，闲谈也不问民生，很不称职啊。

官员胡作非为，百姓深受其害，无处伸冤，且赋税繁重，民不聊生，您身为天子，难辞其咎！

如今又派遣使者巡行天下，宽恤、减省、均税，各种名号，纷纭而出。

臣却认为，您这是只图虚名，不懂得为政之纲领……

一个初出茅庐的考生，竟对天子如此不敬，这要是在夏桀商纣的年代，分分钟都得被活埋。

仁宗果然满脸铁青："没想到，在读书人眼里，朕竟是这般不堪！"

司马光躬身相劝："虽言辞激烈，却一针见血，人才难得，不可错失。"

范镇和蔡襄也支持司马光，表示可以让苏辙以三等或四等的成绩及第。

考官胡宿却坚决不同意："如此过分，必须罢黜。"

众人将目光，都转向了圣上。

仁宗沉思良久，终于长叹一声："朝廷开考的是'直言极谏科'，若因直言淘汰考生，朕当如何面对天下人？"

天子一锤定音，苏辙终以末等及第，被授职商州军事推官。

| 二 |

或许是因为，在制科考试中没有因言获罪，步入仕途之后的苏辙，

敢谏敢言的勇气与信心，与日俱增。

1069 年，神宗即位已有两年，在他的强推下，王安石变法，正席卷北宋。

王安石升任参知政事，执掌三司条例司，实际权力，已接近宰辅。

此时的苏辙，也在条例司任职。

对于这个青年才俊，王安石早有耳闻。

变法伊始，他曾就“青苗法”的实施约见苏辙，无比诚恳地表示：“有任何不宜之处，请直说无妨。”

苏辙拿到新法的草案，仔细研读了一番，只回了王大人五个字：“看上去很美。”

王安石当然不服：“此话怎讲？”

苏辙马上答道：“政府出钱，贷给百姓，即便良民，也难免乱用，逾期还款者，一定有很多。州县衙门，又得耗费人力物力，催租逼债。”

王安石脸色一黑，苏辙却视而不见，继续慷慨激昂：“前朝刘晏执政，从不放贷于民。但四方丰歉、谷价贵贱，他都了然于胸。贵时抛售，贱时收购，所以物价稳定，百姓富足。这种‘常平仓’法，极为有效，为何不用？”

王安石微微颔首：“你说得有点道理，容我再想想。”

然后，就没了然后，“青苗法”实施照旧。

没过多久，王安石急于知道新法成效，便派人前往陕西估算朝廷的获利。

州县官吏为讨上级欢心，纷纷夸大其词，虚报数字。

苏辙听说后，当即致信王安石，直言条例司欺上瞒下，贻笑天下，再次痛斥“青苗法”之弊，力阻新政推行。

这自然得罪了新党，苏辙很快就被外放出京，改任河南府推官。

此后十年间，苏辙一直沉沦下僚，先后于陈州、齐州、南京等地担任学官、掌书记等职。

期间，苏轼离京担任徐州太守，苏辙伴其同行，在徐州逗留百日，直至中秋节后，才与兄长分离：

离别一何久，七度过中秋。去年东武今夕，明月不胜愁。岂意彭城山下，同泛清河古汴，船上载凉州。鼓吹助清赏，鸿雁起汀洲。

坐中客，翠羽帔，紫绮裘。素娥无赖，西去曾不为人留。今夜清尊对客，明夜孤帆水驿，依旧照离忧。但恐同王粲，相对永登楼。

——《水调歌头·徐州中秋》

| 三 |

1079年，苏轼身陷“乌台诗案”，被捕入狱，以为命不久矣，遂写下“遗诗”两首，委托狱卒梁成，转交弟弟子由：

圣主如天万物春，小臣愚暗自亡身。

百年未满先偿债，十口无归更累人。

是处青山可埋骨，他年夜雨独伤神。

与君世世为兄弟，更结人间未了因。

柏台霜气夜凄凄，风动琅珰月向低。

梦绕云山心似鹿，魂飞汤火命如鸡。

眼中犀角真吾子，身后牛衣愧老妻。

百岁神游定何处，桐乡知葬浙江西。

——《狱中寄子由二首》

苏辙收到后，百般感动，万分担忧，随即上书朝廷，冒死进言，称愿意削去官职，换取兄长自由之身，言辞恳切，感人肺腑：

臣早失怙恃，惟兄轼一人，相须为命。

臣窃哀其志，不胜手足之情，故为冒死一言。

臣欲乞纳在身官，以赎兄轼，非敢望末减其罪，但得免下狱死为幸。

任何时候，都不要忽视文字的力量。

兄弟俩的诗歌与奏折，前后脚传入朝廷，神宗皇帝本就柔软的内心，再次受到震撼。

加之老臣范镇、张方平，宰相吴充，以及太皇太后曹氏等人极力说情，苏轼终于获释，被派往黄州，担任有职无权的团练副使。

苏辙也同时被贬，监筠州盐酒税，且五年内不得调任。

直到1085年，哲宗赵煦即位，太皇太后高氏垂帘听政，旧党重回权力中心，苏辙才得以返京，担任秘书省校书郎。

从此，他的仕途，迈入了黄金时代。

第二年，苏辙改任右司谏。刚上任，他就连上数道奏折，历数新党任人唯亲、迫害公卿的罪状。不久，章惇、韩缜等人便被罢官。

奸臣吕惠卿先是极力攀附王安石，得势后又竭力排挤恩师，种种行径，为世人所不齿。

如今，他自知不被容于朝廷，便主动请求外放。

苏辙认为，吕惠卿数典忘祖，背信弃义，比酷吏张汤更狡诈，比奸相卢杞更阴险，这种奸邪宵小之辈，就算不处以极刑，也要削去官职，流放至蛮夷之地：

怀张汤之辨诈，有卢杞之奸邪，诡变多端，敢行非度……犬彘之所不为，而惠卿为之……如惠卿之恶，纵未正典刑，犹当投畀四裔，以御魑魅。

这措辞，可以说很严厉了。

痛恨吕惠卿的，还不止苏辙一人。御史中丞刘挚，也列下吕惠卿五大罪状，称其为“大恶”。

数天后，吕惠卿被贬为建宁军（福建北部）节度副使，且不得签署公事。

而起草降职诏书的，正是苏辙的哥哥、曾遭受新党迫害、时任中书舍人的苏轼：

吕惠卿以斗筲［shāo］之才，穿窬［yú］之智，谄事宰辅，同升庙堂，乐祸贪功，好兵喜杀，以聚敛为仁义……

才疏学浅，贪功好战，是聚敛之臣，而非仁义之人。

这是苏轼代表朝廷给吕惠卿下的结论。

据说诏书一出，天下之人无不拍手称快。

看来苏氏兄弟并没有错怪好人，这个吕惠卿，果真是罪大恶极，咎由自取。

赶走了一批奸佞之人，苏辙也获得擢升，接替改为翰林学士、知制诰的苏轼，担任中书舍人。

当年，西夏内乱，神宗皇帝趁机占领了安疆、米脂五地。

1087 年，西夏使者到开封朝拜哲宗，返程时，尚未离境，国王又遣使来宋。

朝廷明白，这是西夏人想讨回失地。

问题很棘手，北宋君臣几番商议，都未有定论。

太皇太后召来苏辙，询问有何对策。

苏辙分析："他们心怀鬼胎，明知大宋厌战求稳，却不谈及领土纷争，是想让朝廷主动提起，以彰显西夏国威。"

高氏满脸愁容："那安疆五地，给还是不给？"

苏辙回禀："现在给，那是大宋的恩赐，西夏或许会感恩于心。等到对方发兵时再给，那是我们畏惧武力，不得已而为之，恐被天下人所耻笑。如果不给，边境一乱，祸害无穷。况且新皇年幼，太后听政，前线将士未必能誓死效命。朝廷必须尽早决断，以免再生事端。"

情况就是这么个情况，形势就是这么个形势，苏辙的话虽然不中听，但两害相较取其轻，高氏只得同意返还安疆五地，西夏从此顺服，边境终得太平。

此事过后，苏辙开始代理吏部尚书。同年，他与刑部侍郎赵君锡一道，出使大辽。

正是在辽国，苏辙才知道，他和苏轼的诗文有多火。

过了边境，刚入辽地，就看到驿站的墙壁上，刻有苏轼的多篇古诗，集市的小摊中，也有《东坡文集》出售。

当地人得知来人乃是苏轼之弟，纷纷上前打听："苏先生最近可有新作？"

苏辙很是高兴，当场就分享了东坡的几首新诗，回到驿站，他还将近日所见所闻，全都写进诗句，寄给苏轼：

谁将家集过幽都，逢见胡人问大苏。

莫把文章动蛮貊，恐妨谈笑卧江湖。

——《神水馆寄子瞻兄四绝（其三）》

到了辽国都城，为苏辙接风洗尘的，是侍读学士王师儒。

席间，舟车劳顿的苏辙不胜酒力，才几杯下肚，便略有醉意。

辽人多次举杯，他都婉言相拒。

王师儒却狡黠一笑，当场吟出两句苏轼之诗："痛饮从今有几日，西轩月色夜来新。"并戏称，"兄长堪比酒仙，阁下岂不善饮？"

苏辙连忙回应："在下文不如兄，酒力更是相差远矣。"

王师儒竟穷追不舍："此言差矣，您的《服茯苓赋》，我能全文背诵。"

不待苏辙答话，他便吟将起来："春而荣，夏而茂，憔悴乎风霜之前，摧折乎冰雪之后……"

苏辙苦笑不得，只得连忙打住，然后连饮数杯，宾主这才尽欢而散。

回朝后，苏辙再次获得擢升，先后担任御史中丞、龙图阁学士和尚书右丞。

1092 年，苏辙又任太中大夫、门下侍郎，职位已接近于宰相。

但一年之后，太皇太后高氏病故，哲宗亲政，旧党之人，尽遭罢黜。

刚刚走上仕途巅峰的苏辙，又跌进了谪贬的滑道。

先是外放汝州，后又降为朝议大夫、知袁州，新党仍觉不解恨，怂恿谏官再度弹劾苏辙：

老奸擅国，肆意诋毁先帝，丧失臣子之义……构无根之词而欺世，聚不逞之党以蔽朝。谓邪说为谠言，指善政为苛法。矫诬太后，愚弄冲人，助臣奸谋，交毁先烈……造讪欺天，罪无可恕。

好吧，指鹿为马，欺上瞒下，构朋建党，不忠不仁，各种黑帽子，都扣给了苏辙。

于是，朝廷又将他贬为少府监，分司南京，筠州居住。

年过五旬的苏辙，尽管一年中三度遭贬，但每到一地，仍然勤政爱民，颇有政绩。

离任之时，父老乡亲都自发相送，哽泣呜咽，数十里绵延不绝。

1097 年，朝廷又下诏书，降苏辙为化州别驾，雷州安置。

赴任途中，苏辙与贬往琼州的苏轼，在藤州相遇。

按照苏轼自己的说法，他和苏辙都是谪迁外放，匆忙成行，音讯不通，赶到梧州时，才听说弟弟在藤州，于是早追晚赶，终于得以相见。

吾谪海南，子由雷州，被命即行，了不相知，至梧乃闻其尚在藤也，旦夕当追及。

京城一别，转瞬已有四年，兄弟会面，自是一番执手相看泪眼。

雷、琼二州同向，苏辙与苏轼，刚好结伴而行。

同行的路程很短，两人却走得极慢。

年少时，苏轼极爱韦应物的诗句“宁知风雪夜，复此对床眠”，曾与苏辙约定，若有闲暇，必当“秉烛西窗，夜雨对床”。

成年后，兄弟俩都在异地为官，聚少离多，只得借助书信和诗词化解离愁，聊表问候。

如今落难他乡，这相聚的时光，自是珍贵异常。

抵达雷州后，苏轼仍然流连数日，迟迟不愿离去。在此处，兄弟俩总算实现了“对床眠”的夙愿。

遗憾的是，苏轼旧疾复发，连续几晚都是辗转反侧，彻夜难眠。苏辙焦灼万分，“连床闻动息，一夜再三起”，唯恐年迈的兄长有个什么闪失。

但圣命难违，不敢误期，五天后，苏轼病情稍有好转，苏辙就将兄长送到了驶往海南的船上。

临别之际，他更是千叮万嘱，希望苏轼保重身体，期盼兄长早日北归：

……

今年各南迁，百事付诸子。

谁言瘴雾中，乃有相逢喜。

……

飘然从孔公，乘桴南海涘。

路逢安期生，一笑千万祀。

——《次韵子瞻和陶公止酒》

我迁海康郡，犹在寰海中。

送君渡海南，风帆若张弓。

笑揖彼岸人，回首平生空。

平生定何有，此去未可穷。

……

——《次韵子瞻过海》

只是谁都没有料到，兄弟俩此地一别，不久后便阴阳两隔。

到雷州不满一年，年近花甲的苏辙，又被改为循州安置，“二年之间，蛮荒之地，水陆几万里”，境况之凄惨，可想而知。

但大起大落后的苏辙，历尽艰难，阅遍沧桑，面对眼下的遭遇，并无过多的哀怨与悲愤，笔下的诗句里，倒有几分闲适与淡泊：

卖酒高安市，早岁逢五秋。

常怀简书畏，未暇云居游。

……

居处方自适，未知厌拘囚。

——《雨中游小云居》

好在苦难的岁月终于到了尽头。

1100年，年仅二十四岁的哲宗病逝，其弟赵佶继位，是为宋徽宗。

北宋的政局，又开始风卷云涌。

徽宗登基后，启用韩琦之子韩忠彦为相，蔡京、章惇等人先后被放逐，之前被降罪的旧党官员纷纷获得赦免。

苏辙也接到了改任濠州团练副史、岳州居住的通知，随后又复为太中大夫，提举凤翔府上清宫，且居住地点不受限制。

考虑到嵩山脚下，尚有几亩田产，苏辙上书朝廷，请求定居颍川。徽宗恩准。

刚到颍川，他便修书一封，希望苏轼也能前来同住，但数月后，他却接到噩耗，苏轼已在常州去世。

苏辙如雷轰顶，欲哭无声，含泪写下《祭亡兄端明文》，字里行间，对兄长满是敬佩和哀怜之情：

手足之爱，平生一人。幼学无师，受业先君。兄敏我愚，赖以有闻。寒暑相从，逮壮而分。涉世多艰，竟奚所为。如鸿风飞，流落四维。渡岭涉海，前后七期。瘴气所烝，飓风所吹。有来中原，人鲜克还，义气外强，道心内全。百折不摧，如有待然。……

定居颍川后，念及元祐年间的旧党元老，仅剩自己一人，苏辙将书房命名为“遗老斋”，并自号“颍滨遗老”，终日闭门深居，谢绝宾客，从不谈论时事，只以读书写文为娱：

七十馀年真一梦。朝来寿斝[jiǎ]儿孙奉。忧患已空无复痛。心不动。此间自有千钧重。

早岁文章供世用。中年禅味疑天纵。石塔成时无一缝。谁与共。人间天上随他送。

——《渔家傲·和门人祝寿》

闭门不出十年久，湖上重游一梦回。

行过闾阎争问讯，忽逢鱼鸟亦惊猜。

可怜举目非吾党，谁与开樽共一杯？

归去无言掩屏卧，古人时向梦中来。

——《游西湖》

1112年，苏辙逝世，享年七十四岁。

朝廷追为端明殿学士，特赠宣奉大夫。

数十年后，因长子苏迟显贵，苏辙获赠太师，封魏国公，妻子史氏，也被追赠为楚国太夫人。

## | 四 |

苏洵曾写过一篇文章，介绍苏辙名字的由来：

天下之车，莫不由辙，而言车之功者，辙不与焉。虽然，车仆马毙，而患亦不及辙，是辙者，善处乎祸福之间也。

——《名二子说》

天下车马，都是循辙而进。但车马有功，无人念及辙，车马颠覆，也无人怪罪辙。苏洵将次子取名为“辙”，就是希望他能循规蹈矩，谨言慎语，善处祸福。

但纵观苏辙的一生，他似乎未能领会父亲的苦心，家事国事天下事，遇有不平，都会直言极谏，即便以此获罪，也在所不惜。

或许他是认为，既然以“辙”为名，那么让大宋这辆马车，行得更远，走得更稳，才是职责所在。

也正因如此，“三苏”之中，苏辙的仕途成就最高，位极人臣，显赫一时。

当然，论及文学，他肯定不及苏轼，但与兄长相比，他的诗文也极具个性，“论事精确，修辞简严，未必劣于其兄”。

他在经典名篇《上枢密韩太尉书》中提出的观点：“文者气之所形，然文不可以学而能，气可以养而致。”对后世文人影响极深。

最关键的是，这是一篇谋求举荐的干谒文，苏辙却写得委婉曲折，不露声色，“注意在此，而立言在彼”，这就堪称绝妙了，至少要比李大诗仙的那句“生不用封万户侯，但愿一识韩荆州”高明很多倍。

就连苏轼也称苏辙的文章气势宏大，却淡泊内敛，与他为人极为相似，但秀杰之气终究掩饰不住：

其文如其为人，故汪洋澹泊，有一唱三叹之声，而其秀杰之气终不可没。

而《宋史》的作者脱脱，则认为苏辙的高妙之处已大致与苏轼相近：

辙性沉静简洁，为文汪洋澹泊，似其为人，不愿人知之，而秀杰之气终不可掩，其高处殆与兄轼相迫。

文能千古留名，仕能位极人臣，对于古代的读书人来说，这样的人生，夫复何求？

# 秦观

情事虽多，全靠实力

## | 一 |

大喜之日，适合才艺展示。

北宋治平年间，秦家大院内，张灯结彩，人声鼎沸。

新郎秦观，却孤单地站在洞房外。

新娘苏小妹是个才女，尤擅吟诗作对。新婚之夜，她喊话新郎，先得对上三联，方可进入洞房。

新郎自信爆棚，满口答应。前两联难度系数较低，秦观几乎是秒对。最后一联，苏小妹抛出了杀手锏：

闭门推出窗前月。

秦观一时大脑短路，百思不得其解，急得原地打转，浑身冒汗。

宴饮归来的苏轼见妹夫困窘如此，有意帮他一把，便捡起地上石子，投向井中。

“啪”的一声，石子冲散了天光月影，也让秦观醍醐灌顶。他一个转身，对着屋里朗声吟出：

投石冲开水底天。

对得极妙。

苏小妹立刻让丫鬟打开房门，迎进了如意郎君。接下来的缱绻缠绵，自然不必多言。

这个小故事，来自明代小说《醒世恒言》。

在冯梦龙的笔下，秦观与苏小妹的爱情，六要素齐全，色香味俱佳，千百年来，广为流传。

但是很遗憾，根据史学家考证，北宋压根就没有苏小妹这个人。

她和秦观的爱情故事，都只是淳朴的人民群众按照才子佳人的模式，杜撰出来的而已。

## |二|

当然，作为畅销词作家，秦观的身上从来不缺绯闻。他的每一段艳史，都是凭实力写成的。

在扬州，秦观做客太尉府。

府上有位歌女，年方二八，才貌俱佳。最让人惊叹的是，她的箜篌弹得极好，能演奏濒临失传的上古乐曲，若是放在今天，当属国家认证的非物质文化遗产传承人。

歌女早闻秦观大名，见到偶像本人，自然激动万分，便在酒桌之上以各种理由、各种借口往秦观的身边凑。

秦观是老司机了，人家主动至此，焉有不懂之理？趁着宴饮的间隙，他走到歌女身边，说要借箜篌一看。

于是，两个人的距离，迅速接近至 0.01 厘米，屋内外充满了暧昧的空气。

此时，太尉离席更衣，一阵大风吹过，灯烛全灭，厅堂一片漆黑。

天赐良机。

秦观迅速与歌女有了“仓猝之欢”。

事后，歌女还语带娇嗔：“今日为学士瘦了一半。”

如此香艳的故事，秦观自然要作词以记之：

银烛生花如红豆。这好事、而今有。夜阑人静曲屏深，惜宝瑟、轻轻招手。一阵白苹风，故灭烛、教相就。

花带雨、冰肌香透。恨啼鸟、辘轳声晓。岸柳微风吹残酒。断肠时、至今依旧。镜中消瘦。那人知后，怕你来僝僽。

——《御街行（银烛生花如红豆）》

被秦观写入词里的，还有一件事。

在汴京，尚书大人请他宴饮。席间，歌妓碧桃频频向秦观劝酒。

秦观盛情难却，几杯浊酒下肚，便举起酒杯，邀请碧桃同饮。

尚书连忙出言相阻：“碧桃素不善饮。”言下之意，就是让秦观照顾一下他这位最宠爱的歌妓。

客随主便，秦观只得作罢。

不料，碧桃却撸起衣袖，脸上大义凛然，眼里含情脉脉：“今日为学士，醉死了也值！”

说完，便连饮数杯。

秦观感动得一塌糊涂，即兴作词一首，答赠红粉佳人：

碧桃天上栽和露。不是凡花数。乱山深处水潆回。可惜一枝如画、为谁开。

轻寒细雨情何限。不道春难管。为君沉醉又何妨。只怕酒醒时候、断人肠。

——《虞美人（碧桃天上栽和露）》

惹得在场之人，满是羡慕嫉妒恨。

尚书大人，更是气得脸色铁青，咬牙切齿地作出决定："从今以后，永不安排碧桃佐酒。"

满座宾客，一阵哄然大笑。然后，继续觥筹交错，饮酒作乐。

任蔡州教授时，秦观爱上了营妓楼东玉，特意写下《水龙吟》，将心上人的芳名嵌入其中：

小楼连远横空，下窥绣毂雕鞍骤。朱帘半卷，单衣初试，清明时候。破暖轻风，弄晴微雨，欲无还有。卖花声过尽，斜阳院落，红成阵，飞鸳甃。

玉佩丁东别后，怅佳期、参差难又。名韁利锁，天还知道，和天也瘦。花下重门，柳边深巷，不堪回首。念多情但有，当时皓月，向人依旧。

——《水龙吟（小楼连苑横空）》

同样是在蔡州，告别舞女陶心儿时，秦观还专门弄了一个哑谜，一个略等于小学四年级水平的哑谜，来宽慰小情人：

玉漏迢迢尽，银潢淡淡横。梦回宿酒未全醒，已被邻鸡催起怕天明。

臂上妆犹在，襟间泪尚盈。水边灯火渐人行，天外一钩残月带三星。

——《南歌子（玉漏迢迢尽）》

就这样，那些歌妓的姓名，伴随着秦观的艳词，流传至今。

当然，在秦观所有的小情书里，最出名的肯定是这一首：

纤云弄巧，飞星传恨，银汉迢迢暗度。金风玉露一相逢，便胜却、人间无数。

柔情似水，佳期如梦，忍顾鹊桥归路。两情若是久长时，又岂在、朝朝暮暮。

——《鹊桥仙（纤云弄巧）》

尤其是“两情若是久长时，又岂在朝朝暮暮”两句，简直就是专治相思之病的灵丹妙药，近千年来，抚慰和鼓舞了一代又一代的有情人。

## | 三 |

说完了秦观的婉约词，下面正经聊聊他的身世。

公元 1049 年，秦观生于九江，自幼天资聪颖，读书一目十行，过目不忘。十岁左右，便能通读《孝经》《论语》和《孟子》。

少年时期，他凭借一篇《浮山堰赋》，闻名乡里，随后被太守孙觉聘为幕僚。

在孙大人的指导下，秦观开始习诵兵书，雄文《郭子仪单骑见虏赋》，正是写于此时：

何单骑以见虏，盖临戎而示情。匹马雄趋，方传呼而免胄；诸羌骇瞩，俄下拜以投兵。

子仪乃外弛严备，中输至诚。气干霄而直上，身按辔以徐行。于是露刃者胆丧，控弦者骨惊。

养威严于将军之幕，角技巧于勇士之场。

攻且攻兮天变色，战复战兮星动芒。

原来秦观也有如此豪迈之句！

当然，秦观只是一介书生，若想建功立业，只有一个途径，那就是走更远的路，读更多的书，写更好的文，认识更牛的人。

他将目光瞄准了眉山人苏轼。

熙宁年间，秦观听说苏轼路经扬州，便在一处寺庙内，模仿苏学士的文风和笔迹，写下一首五律，并题上苏轼之名。

苏轼看到后竟然大吃一惊，他自己都傻傻分不清，这到底是真迹，还是赝品。

后来，孙觉带着数百首诗篇，向苏轼推荐秦观。

一口气读完后，苏轼笑称："当年，模仿我题诗的，应该就是这小子吧？"

就这样，秦观的名字，已经被苏轼牢牢地记住。

也就是从这个时候起，秦观的身世浮沉，始终与苏轼密不可分。

虽有满腹才情，秦观的科举之路却极为不顺。

1078 年，三十岁的秦观，第一次应试。

路经徐州，得知苏轼正在此地担任太守，他便带上十余首新创作的诗文，登门拜访苏大人。

这是苏秦二人首次会面。

一番亲切友好地交谈后，苏轼当天就决定将秦观收为门生。

拜师仪式相当隆重：

秦观执弟子礼，仪态雍容，论说雄辩，令人为之侧目。

临别之际，秦观模仿当年李白干谒韩朝宗的句子，写下一首《别子瞻》，称："我独不愿万户侯，惟愿一识苏徐州。"

只可惜，后来的事实证明，他师从"苏徐州"，也未能获封"万户侯"。

同年的科举考试中，秦观名落孙山，只得退居高邮，闭门不出，以诗书自娱：

西城杨柳弄春柔，动离忧，泪难收。犹记多情、曾为系归舟。碧野朱桥当日事，人不见，水空流。

韶华不为少年留，恨悠悠，几时休？飞絮落花时候、一登楼。便作春江都是泪，流不尽，许多愁。

——《江城子（西城杨柳弄春柔）》

次年，秦观与前往湖州赴任的苏轼以及程辟、参寥等人相聚，一起诗文唱和，留下不少经典之作。

山抹微云，天连衰草，画角声断谯门。暂停征棹，聊共引离尊。多少蓬莱旧事，空回首、烟霭纷纷。斜阳外，寒鸦万点，流水绕孤村。

销魂，当此际，香囊暗解，罗带轻分。谩赢得、青楼薄幸名存。此去何时见也，襟袖上、空惹啼痕。伤情处，高城望断，灯火已黄昏。

——《满庭芳（山抹微云）》

这是秦观的代表作之一，首句便极为出彩，以寥寥数笔，勾勒出水墨之境，深得当世好评，他也因此被称为“山抹微云君”。

据说秦观死后，他的女婿范温，曾参加过一次高端饭局，席间有歌妓表演才艺，唱的就是这首《满庭芳》。

范温相貌平平，且木讷少言，从始至终，歌妓都几乎把他当空气。

直到酒酣耳热之际，歌妓才问了一句：“这是何人？”

范温早就憋了一肚子气：“我就是‘山抹微云’的女婿。”

全场之人这才大吃一惊，歌妓的眼光也开始脉脉含情。

但这首词也有不足，那便是过于艳丽，苏轼曾戏称“山抹微云秦学士，露花倒影柳屯田”，将秦观与柳永相提并论。

秦观表示不服。

等苏轼读出“销魂，当此际，香囊暗解，罗带轻分”之句，他这才低头不语。

1081 年，在苏轼的鼓励下，秦观再次应试，依然榜上无名，只能继续闲居高邮，寄情山水，赋诗写文：

蒙蒙晚雨暗回塘，远树依微不辨行。

人物渐稀疏磬断，绿蒲丛底宿鸳鸯。

——《白马寺晚泊》

落红铺径水平池，弄晴小雨霏霏。杏园憔悴杜鹃啼，无奈春归。

柳外画楼独上，凭栏手捻花枝。放花无语对斜晖，此恨谁知？

——《画堂春（落红铺径水平池）》

四年后，被贬黄州多年的苏轼，终于获得恩释，改任汝州。

秦观听说后，便赶往润州，与苏轼会合，两人夜宿金山，秉烛夜谈：

西津江口月初弦，水气昏昏上接天。

清渚白沙茫不辨，只应灯火是渔船。

——《金山晚眺》

……

山僧引客寻苍翠，历尽参差到平地。

万里风来拂骨清，却忆人间如梦寐。

夜深无风月入扉，相对老人如槁枝。

流水与天争入海，共笑此心谁得知。

……

——《宿金山》

经苏轼开导，年近不惑的秦观深知“风俗莫荣於儒，材能咸耻乎未仕”，决定放下身段，准备投书行卷，寻求朝中政要支持，再战一次科举。

功夫不负有心人，1085年，多次败北的秦观，终于进士及第，被授职蔡州教授。

三年后，朝廷开考制科。这是北宋基层官员晋升高层的最佳途径。

远在蔡州的秦观也摩拳擦掌，跃跃欲试。但他没有料到的是，这一次，他成了党争的牺牲品。

当时的北宋，不仅有“新旧党争”，还有“洛蜀党争”。

“洛党”的领袖是程颐，“蜀党”的领袖则是苏东坡。

秦观不仅位居“苏门四学士”，还名列“苏门六君子”，简直就是苏轼的代言人。

因“洛党”排挤，在这次制科考试中，秦观遗憾出局。

## | 四 |

两年后，因范仲淹之子、前宰相范纯仁力荐，他才回到汴京，担任秘书省正字。

职位虽然不高，但已是京官，且秘书省为政事要地，诸多达官要人都是由此起步，最终位极人臣。

秦观自然非常兴奋，但未满一月，事情又发生了转折。

御史赵君锡，迫于“洛党”压力，弹劾秦观“行为不检、放荡不羁”，要求免去其职。证据嘛，自然就是秦观写的那些“艳词”了。

秦学士有口难言，一气之下，索性上书内阁，辞去现职。

丢了工作，没了俸禄，秦观的生活日益窘迫，一度潦倒至典衣食粥、写诗乞米：

三年京国鬓如丝，又见新花发故枝。

日典春衣非为酒，家贫食粥已多时。

——《春日偶题呈上尚书丈丈》

所幸此时的苏轼，已从扬州回京，先后担任翰林侍读学士和礼部尚书，在他的帮助下，秦观得以回到秘书省，受诏编修国史，不久又进为宣德郎，并多次获得笔墨器币等御赐之物。

擢升连连，恩宠无限，秦观的内心，又再次燃起了希望之火。但他的运气，实在差到了极点。

仅仅一年之后，高太后去世，哲宗问政，新党重回权力中心，旧党之人，则尽遭罢黜。

苏轼被贬后，秦观也被外放为杭州通判。谪贬途中，忆起往昔点滴，他不禁百感交集：

东风吹碧草，年华换、行客老沧洲。见梅吐旧英，柳摇新绿，恼人春色，还上枝头。寸心乱，北随云黯黯，东逐水悠悠。斜日半山，暝烟两岸，数声横笛，一叶扁舟。

青门同携手，前欢记、浑似梦里扬州。谁念断肠南陌，回首西楼。算天长地久，有时有尽，奈何绵绵，此恨难休。拟待倩人说与，生怕人愁。

——《风流子（东风吹碧草）》

事情并没有结束。

秦观尚未到任，御史刘拯又上表，弹劾他在编修《神宗实录》时，对先帝有大不敬之语。

于是，秦观又被降为监处州酒税，名动京城的“苏门四学士”，活生生沦落成，一个十八线小城的低等小吏：

水边沙外，城郭春寒退。花影乱，莺声碎。飘零疏酒盏，离别宽衣带。人不见，碧云暮合空相对。

忆昔西池会，鹓鹭同飞盖。携手处，今谁在？日边清梦断，镜里朱颜改。春去也，飞红万点愁如海。

——《千秋岁·水边沙外》

心灰意冷后的秦观，开始参禅礼佛，抄经诵咒。

新党之人得知这一情况后，又找到一个“妄写佛书”的罪名，削去秦观所有官职，将其流放至郴州，后又改为南荒的横州、雷州，并且注销官籍，永不录用。

真是没有最远，只有更远。

站在郴江边，秦观极目远眺，迷雾苍茫中，他感觉自己的命运就如同这奔流不息的江水，在漩涡中挣扎起伏，前途未卜：

雾失楼台，月迷津渡，桃源望断无寻处。可堪孤馆闭春寒，杜鹃声里斜阳暮。

驿寄梅花，鱼传尺素，砌成此恨无重数。郴江幸自绕郴山，为谁流下潇湘去？

——《踏莎行·郴州旅舍》

千里潇湘挼蓝浦，兰桡昔日曾经。月高风定露华清。微波澄不动，冷浸一天星。

独倚危樯情悄悄，遥闻妃瑟泠泠。新声含尽古今情。曲终人不见，江上数峰青。

——《临江仙（千里潇湘挼蓝浦）》

1099年，秦观在雷州，与琼州的苏轼隔海相望。

当年，苏轼身陷“乌台”，秦观曾专程前去看望。后来苏轼贬至黄州，他也多次探访。

如今，秦观已是戴罪之身，虽挂念恩师，却不能远行，只能寄去片言只语，聊表关心。

至于自己，则是绝望之极，甚至自作挽词，开始交代后事，个中凄凉，读之令人神伤：

婴衅徙穷荒，茹哀与世辞。
官来录我橐，吏来验我尸。
藤束木皮棺，槁葬路傍陂。
家乡在万里，妻子天一涯。
孤魂不敢归，惴惴犹在兹。
昔忝柱下史，通籍黄金闺。
奇祸一朝作，飘零至於斯。
弱孤未堪事，返骨定何时。
修途缭山海，岂免从阇维。
荼毒复荼毒，彼苍那得知。
岁冕瘴江急，鸟兽鸣声悲。
空蒙寒雨零，惨淡阴风吹。
殡宫生苍藓，纸钱挂空枝。
无人设薄奠，谁与饭黄缁。
亦无挽歌者，空有挽歌辞。

1100年，哲宗病逝，徽宗即位，新旧两党的命运，随之发生逆转。

五月，天下大赦。苏轼获准回迁，与秦观相见于雷州。

两人久别重逢，恍若隔世。

一番长吁短叹、促膝深谈后，秦观写下《江城子（南来飞燕北归鸿）》，赠与苏轼，留作纪念，万万没想到的是，一声再见，竟成永远：

南来飞燕北归鸿，偶相逢，惨愁容。绿鬓朱颜，重见两衰翁。别后悠悠君莫问，无限事，不言中。

小槽春酒滴珠红，莫匆匆，满金钟。饮散落花流水、各西东。后会不知何处是，烟浪远，暮云重。

苏轼离开一月后，秦观也接到了诏书，复为宣德郎，放还衢州。

三伏时节，行至滕州的光化亭，秦观突然中暑，昏倒在地。醒来时，口渴难忍，便让家人出去寻水。

一炷香后，家人回到秦观身边。

秦观却面带微笑，看着面前的一捧清水，撒手西去，时年五十二岁。

儿子秦湛听闻噩耗，从外地前来奔丧，简单处理了后事，便扶棺北上。

身患重病的苏轼，得知最爱的弟子竟先自己而去，悲痛万分，大哭不已，亲手将“郴江幸自绕郴山，为谁流下潇湘去”题在扇上，逢人就说：“秦观已去，虽万人何赎！”

1103 年，黄庭坚被贬宜州，路遇秦湛、范温扶丧北归，伤心之余，将自己仅有的盘缠全都赠与秦湛。

同年，朝廷诏令焚毁秦观、苏轼等文集，要求各地刻碑立柱，称秦、苏等人为“元祐奸人”。

直到三十年后，南宋建炎年间，朝廷才为旧党平反，追赠秦观为“龙图阁直学士”。

## | 五 |

秦观是一个被坊间严重低估的文人。

他是北宋婉约派的一代词宗，人们津津乐道的，却只是他的“艳词”和“艳事”。

其实他的词作，在写男女情事的同时，大多融入了仕途不遇、前尘似梦的身世。

这才是他的高明之处。

正因如此，清代的周济，在《宋四家词选》中，才会这样评价秦观：“将身世之感，打并入艳情，又是一法。”

他也是北宋诗坛的大家，共有律诗、绝句、古风等400余首流传于世，且多为忧国忧民、抒怀遣兴之作，风格独特，自成一家：

其诗清新妩媚，鲍（照）、谢（灵运）似之。

——王安石

他的文、赋和政论，同样非常出色，苏轼称他“有屈（原）宋（玉）之才”，“词采绚发，议论锋起”，甚至有人说，“文人论兵，秦观堪与晚唐杜牧相媲美。”

如此，秦观该是北宋文坛的全才，但终其一生，“官不过正字，年不登下寿。间关忧患，横得骂诟。窜身瘴海，卒仆荒陋。”

或许，这就是杜甫所说的，“文章憎命达”吧。

# 周邦彦

跟皇帝抢女人是什么体验

## 一

东汉末年，吴郡，大都督府。

刚刚凯旋的周瑜，又在家里大宴宾客。

觥筹交错，美酒飘香，舞姿曼妙，琴声悠扬。醉眼朦胧的周相公，正摇头晃脑，乐在其中。

“咚——”乐师弹错了一个音符。

周瑜的眼里，立刻精光一闪，瞪了乐师一眼。

年方十八的女乐师，瞬间满脸通红，心里一阵扑通。

整个人看上去，慌乱中透着一丝娇羞，娇羞中又露着几分满足。

进入周府多年，她等的就是这一天。

世人皆知，大都督文武双全，颜艺双馨，音乐造诣极深。

即便酒过三巡，眼花头晕，乐师一个细小的失误，他都会送上眼神，略作提醒。

那些春心荡漾的女乐师，如同收到飞吻，刹那间，便丢了魂。

事情发展到后来，这些女粉丝们，往往会故意抚错琴弦，为的就是能让周郎多看自己一眼。

这个典故，便是“曲有误，周郎顾”。

当然，大都督的粉丝，不限于东汉和东吴。

到了北宋，仍有一位词人痴迷音律，自比周郎，将自己的书房，取名为“顾曲堂”。

他就是“词家之冠”周邦彦。

## 二

公元 1057 年，周邦彦出生于杭州。

“地有湖山美，东南第一州”，杭州在北宋的地位，略等于今天的上、广、深。

生活在这里的人，不是高级白领，便是业界精英。

周家也不例外，家境殷实，藏书万卷。

周邦彦的父亲周原，对读书有着宗教般的虔诚。每天清晨，他都会沐浴焚香，朝着满屋的书柜三拜九叩。

朋友很是不解：“你拜的是哪路神仙？”

周原一本正经：“圣贤之道，都在此处，岂敢不拜？”

周邦彦深受父亲影响，从小便“博涉百家之书”，写起文章来，也是笔底生花，妙语连珠。

或许正因如此，父母对他极为溺爱，使得任性的周邦彦一度成了反面典型：“你看看周家那个孩子，作风散漫，不守礼节，有他哭的时候。”

这位家长的话，很快就得到了印证。

由于年少轻狂，恣意放浪，“不为州里推重”，周邦彦未能获得州试资格。

后悔是来不及了，但路并没有被堵死。

1079 年，二十三岁的周邦彦来到汴京，顺利考进了太学。

北宋有规定，太学里的优等生，日后也能直接授官。

主动权已经掌握在手里，周邦彦却主动放弃，依然我行我素，不羁放纵爱自由。

他开始流连于秦楼楚馆，为歌妓舞女填词谱曲，并结合亲身经历，以超现实主义手法，创作出了《凤来朝》《望江南》和《花心动》等广为流传的作品，

“爱残朱宿粉云鬟乱，最好是、帐中见”“宝髻玲珑欹玉燕，绣巾柔腻掩香罗”“兰袂褪香，罗帐褰红，绣枕旋移相就”……

香艳尺度如此之大，简直让人惊掉下巴。

心似草原野马，易放难收，沉迷于声色之娱的周邦彦，学业始终没有大的进展。

直到四五年后，周邦彦才猛然发现，已近而立之年，功名和学业，却都空空如也。

再这么下去，连自己的名字都对不住。

“彼其之子，邦之彦兮。”

自律都做不到，还谈何国之栋梁、邦之贤良！

是时候拼一把了。

1084年，在太学助跑多年的周邦彦，双脚终于踏上了腾空的跳板。

这一年，朝廷举办了一场歌颂帝王、祝福大宋的主旋律征文。

几百份参赛作品，唯有一篇七千字的《汴都赋》让宋神宗眼前一亮，不，应该是眼前一瞎：

鸭鸩鹅鹕、鼃鼍鼈蜃、鸨鸫鹏鹤、鹜鹭凫鷖……

皇帝眼皮一眨："这个，那啥，朕有点眼花，哪位爱卿诵读一下？"

几番发自内心的谦让后，这个烫手山芋，最终黏在了起居郎李清臣的手中。

李大人清了清嗓子，硬着头皮，将手里的长文，连结巴带口吃地读了一遍。

身旁的官员很是好奇："你怎么做到的？"

李清臣微微一笑："这有何难？瘦字读半截，胖字念半边。"

李大人如何糊弄，宋神宗并不在乎。

重要的是，这篇《汴都赋》中出现了多处歌颂新政的话语。毕生都在变法革新、力求富国强兵的神宗皇帝，对此感到十分欣慰。

很快，他就在政事堂召见了长文的作者——周邦彦。

一番问答下来，神宗在这个年轻人的身上，仿佛又看到了变法的希望，马上一道诏书，任命周邦彦为太学正。

这个职位，相当于教导处主任加政教处主任。

这就神奇了。

昨天还是个顽皮的老学生，今天就拿起教鞭、夹着教本，开始训导别人了。

突然有点同情他的那帮老同学。

学业上没了压力，周邦彦自然春风得意，诗词创作上也迎来了一个高峰期：

燎沉香，消溽暑。鸟雀呼晴，侵晓窥檐语。叶上初阳干宿雨、水面清圆，一一风荷举。

故乡遥，何日去。家住吴门，久作长安旅。五月渔郎相忆否。小楫轻舟，梦入芙蓉浦。

——《苏幕遮（燎沉香）》

楼上晴天碧四垂，楼前芳草接天涯。劝君莫上最高梯。

新笋已成堂下竹，落花都上燕巢泥。忍听林表杜鹃啼。

——《浣沙溪（楼上晴天碧四垂）》

但命运馈赠的所有礼物，都在暗中标好了价格。

周邦彦在《汴都赋》中，公开为新法背书，已经被贴上了新党的标签，耀眼且刺眼。

1085 年，宋神宗驾崩，哲宗登基，一直反对变法的太皇太后听政。

年底，周邦彦便接到诏书，外放为庐州教授，不久，改任荆州教授，一年后，又任溧水县令。

频繁的职位调整，让中年的周邦彦第一次感受到了政治漩涡的恶意与危险。

绍圣年间，太皇太后去世，哲宗开始亲政。

北宋朝廷的的局势，又发生了逆转。

新旧两党的命运也开始了新一轮的交替浮沉。

很快，任期已满的周邦彦，接到了回京的诏书，职位是国子监主簿。

一转眼，他离开汴京已经有十余年。

周邦彦不在京城，京城却一直有他的传说。

当年，他的一篇爆文《汴都赋》在文坛政界引起了巨大轰动。宋神宗的丰功伟绩，也随着这篇爆文流传四方，广为人知。

眼下的宋哲宗，正需要这样的宣传高手。

于是，周邦彦又一次获得皇帝单独召见。

再经典的作品都经不起续集的折腾。这是艺术创作领域千年不变的规律。

实力在线的周邦彦，却凭一己之力实现了重大突破。

这一次，他上的是《重进汴都赋表》。

又是一篇好文加爆文。

“丰年屡应，瑞物毕臻”，这些歌功颂德之句，再次传遍了大宋。

后世之人，也非常推崇此文，称其“高华古质，语重味深，在宋四六中，颇为罕见”。

毫无疑问，周邦彦又获得擢升，被任命为秘书省正字。

1100 年，赵佶登基，是为宋徽宗。

好戏即将开场。

宋徽宗和周邦彦都与名妓李师师关系匪浅。

这天，两人前后脚进了李师师的房间。

周邦彦无处藏身，只能屏住呼吸，躲在床底。

宋徽宗不知道房内有个监控，仍然和往常一样，与李师师耳鬓厮磨，卿卿我我。

他喂她吃橙子。

她为他吹曲子。

他起身告辞，她执意挽留："外面更深露重、马滑霜浓，不如就在这里歇息吧。"

屋里屋外，一片荷尔蒙的气息。

周邦彦几乎当场窒息。

事后，他将满屋春色，还有一身醋意，全都写进了词里：

并刀如水，吴盐胜雪，纤手破新橙。锦幄初温，兽烟不断，相对坐调笙。

低声问：向谁行宿？城上已三更。马滑霜浓，不如休去，直是少人行。

——《少年游》

过了几天，宋徽宗再次行幸。

酒酣耳热之际，李师师唱出了这首《少年游》。

宋徽宗大惊："这不是前两日的画面吗，怎么被偷拍啦？"

李师师隐瞒不住，只得说出实情。

宋徽宗勃然大怒，马上以执法不严、收税不力的罪名，将开封府监税周邦彦，赶出了京城。

总算出了一口恶气。

宋徽宗心情大好，几天后，他又来找李师师。

李师师不在，直到深夜才回来。

宋徽宗很生气，当面质问："你究竟干什么去了？"

李师师不是妃子，也不是宫女，对于天子的愤怒，她一点都不畏惧，只是冷冷地说道："去送周邦彦了。"

宋徽宗拿她没办法，不想继续尴尬："那有没有填新词呀？"

李师师的脸上立刻阴转晴："有啊，有啊，你听！"

柳阴直，烟里丝丝弄碧。隋堤上、曾见几番，拂水飘绵送行色。登临望故国，谁识京华倦客？长亭路，年去岁来，应折柔条过千尺。

——《兰陵王》

宋徽宗竟然高兴万分："好词、好曲、好有才！"

连忙让人追回了周邦彦，并让他担任大晟乐正，专门创作流行歌曲。

这个精彩的故事，想必你也听说过。

帝王、才子、名妓，这些元素，赚足了眼球。

但很可惜，这真的只是一个传说而已。

周邦彦还有很多传说，比如爱上了歌妓楚云、岳七，比如相中了下属之妻……

其实，这些故事大多是"好事者为之"。

自古以来，吃瓜群众对于花边新闻，都格外热情。

有点线索就说是绯闻，没有线索捏造线索也要弄点绯闻。

这样一来，周邦彦留给后世的印象，不是“疏隽少检”，便是“放荡不羁”。

周邦彦真的要哭晕在厕所。

传说中的周邦彦，肯定不是真实的周邦彦，至少不是完整的周邦彦。

其实，他有很多面。

## 三

元丰年间，宋军兵败永乐城，死伤二十余万人。

消息传到京城，宋神宗痛哭不已。

当时还是太学生的周邦彦，写下了长诗《天赐白》，指责朝廷用人失策，抨击守将昏庸无能，“君不见书生镌羌勒兵入，羌来薄城束缚急”，纸上谈兵，狂妄轻敌，焉有不败之理？

“元祐党争”后，朝廷里的新旧两党，一直争斗不停。

每一场波澜壮阔的风浪里，都会涌现出大量的奸邪小人，他们背信弃义，卖友求荣，摇摆不定，投机钻营。

周邦彦自然不屑与他们为伍，虽然“漂零不偶，积年于兹”，却从未改变过立场。仅凭这点，便能让人肃然起敬。

周邦彦主政溧水，一上任就将衙门里的贪官污吏，全都扫地出门，深得民心。

宋徽宗即位后，曾广开言路，真诚纳谏，号召臣民“各许实封言事”，“毋有忌讳”。

这应该是周邦彦最擅长的事，但这一次，他沉默了。

北宋党争不息，随便抛出一个建议，都会引来争议，何苦呢？

窗风猎猎举绡衣，睡美唯应枕簟知。

忽有黄鹂深树语，宛如春尽绿荫时。

——《偶成》

黄鹂深树鸣，睡到自然醒，多好。

大观年间，宋徽宗陆续接到各地“天降祥瑞”的呈报，感觉形势一片大好。

他要把这些祥瑞之兆，告诉全宋的子民。

他又想起了擅写爆文的周邦彦。

当蔡京找到周邦彦时，老周只回了七个字“某老矣，颇悔少作”，我现在老了，很后悔年轻时写的那些文章，都是套路，没有深度。

明明一篇文章就能换来黄金万两，这等好事，他却避之不及。

周邦彦不是老了，而是懂了。

“委顺知命，人望之如木鸡，自以为喜。”在别人眼里，他已经蠢到无可救药。而在周邦彦看来，这样的自己，却是人生最好的状态：有所为，有所不为。

他索性自号为“清真先生”，清心寡欲，清真无为。

## | 四 |

1120年，六十三岁的周邦彦，提举南京鸿庆宫。

这是一个相当重要的职位，专门负责皇家祭祀事宜。

担任者不是德高望重的老臣，就是德艺双馨的老艺术家。

周邦彦欣然前往。

就在此时，方腊起兵造反。

周邦彦准备返回杭州，路上遇到的全是仓皇逃窜的百姓。斜阳映照下的钱塘江，显得格外苍凉。

又累又饿的周邦彦，突然听到一个熟悉的声音："周大人，进来喝一杯吧。"

原来是位曾经相识的歌女，周邦彦连忙停下脚步，走了进去。

几倍浊酒下肚，周邦彦有些醉意，便找到一处寺院，歇息了一晚。

醒来后，听说两浙已被方腊占领，周邦彦只得前往商丘，赶往鸿庆宫。

不久，周邦彦便病逝于商丘，享年六十四岁。

去世之前，他曾写下一首《瑞鹤仙（悄郊原带郭）》：

悄郊原带郭，行路永，客去车尘漠漠。斜阳映山落，敛馀红犹恋，孤城阑角。凌波步弱，过短亭、何用素约。有流莺劝我，重解绣鞍，缓引春酌。

不记归时早暮，上马谁扶，醒眠朱阁。惊飙动幕，扶残醉，绕红药。叹西园已是花深无地，东风何事又恶？任流光过却，犹喜洞天自乐。

后人发现，词中所言“斜阳映山落”“有流莺劝我”“醒眠朱阁”“犹喜洞天自乐”等场景，竟与周邦彦最后的经历，出奇地一致。

“字字皆验，卒章又应于身后，岂偶然哉？”

不全是偶然。

在周邦彦之前，有不少文人善于写词，却不懂音律，导致无法传唱，流传不广。

那些精通音律的教坊乐工，所作之词倒也朗朗上口，却因为“词语尘下”，全不可读。

周邦彦刚好两者兼之，“能文章，妙解音律”，写出来的词，既有美感，又有节奏感。

后世之人对周邦彦的文学地位都给予了很高的评价，认为“词中老杜，非先生不可”，称他“最为词家之正宗”，“两宋之间，一人而已”。

王国维《清真先生遗事》中，还有这样一段话：

犹觉拗怒之中，自饶和婉，曼声促节，繁会相宣，清浊抑扬。

时而明快，时而凝重，既平易无雕琢，又不失朴厚典雅，且回环曲折中，自有一番沉郁顿挫之妙。

这本是评价周邦彦之词的。

其实，周邦彦的一生，又何尝不是如此呢？

# 李清照

生 命 不 过 一 场 绚 烂 烟 花

## | 一 |

北宋崇宁年间，汴梁城内的公园，两个年轻人，正一边划着小船，一边喝酒撸串。

不知不觉，天色已暗，两人调转船头，匆忙往回赶。

但水中酒驾，难度极大。不听使唤的小船，摇摇晃晃，跌跌撞撞，惊起了鸥鹭，碾折了藕花，也惹得船上的女青年，诗兴大发：

常记溪亭日暮，沉醉不知归路。兴尽晚回舟，误入藕花深处。争渡，争渡，惊起一滩鸥鹭。

——《如梦令》

聪明如你，这个女文青，就是李清照。这一年，她才十八岁，却凭借这首《如梦令》火遍京城，让天下的同龄人，满是嫉妒恨。

## | 二 |

公元 1084 年，李清照出生于济南。

父亲李格非，是宰相韩琦的门生，也是苏门“后四学士”之一，为官清正，颇有才名。

母亲王氏，是著名状元王拱辰的孙女，自幼饱读诗书，博学多闻。连惜字如金的《宋史》，都称其“亦善文”。

成长在这样的家庭，十几岁的李清照，便爱上了吟诗作赋，填词谱曲，闲暇之余，总会写个三言两句，不是嘟嘴卖萌，语带娇嗔：

绣面芙蓉一笑开。斜飞宝鸭衬香腮。眼波才动被人猜。一面风情深有韵，半笺娇恨寄幽怀。月移花影约重来。

——《浣溪沙（绣面芙蓉一笑开）》

便是故作深沉，思考人生：

昨夜雨疏风骤，浓睡不消残酒。试问卷帘人，却道海棠依旧。知否，知否？应是绿肥红瘦。

——《如梦令（昨夜雨疏风骤）》

偶尔还会点评历史，思昔抚今：

五十年功如电扫，华清花柳咸阳草。
五坊供奉斗鸡儿，酒肉堆中不知老。
胡兵忽自天上来，逆胡亦是奸雄才。
勤政楼前走胡马，珠翠踏尽香尘埃。
何为出战辄披靡，传置荔枝多马死。

——《浯溪中兴颂诗和张文潜二首》

寥寥数笔，点赞者众。尤其“绿肥红瘦”之句，诸多文坛大咖，“莫不击节称赏”，赞其“人工天巧，可称绝唱”。

至于“五坊供奉斗鸡儿”之诗，更是刷新了直男的性别认知，原来一个懵懂少女，看待“安史之乱”，也可以做到一针见血、字字珠玑。

如此看来，北宋的礼部可以禁止女子应举，却阻挡不了她走红的脚步。实力在线的李清照很快便名动天下，圈粉无数。

1101 年，李清照嫁给了赵明诚。他们的爱情故事是典型的“琼瑶模式”。

第一次见到赵明诚，李清照便小鹿乱撞，又羞又慌：

蹴罢秋千，起来慵整纤纤手。露浓花瘦，薄汗轻衣透。

见客入来，袜刬金钗溜。和羞走，倚门回首，却把青梅嗅。

——《点绛唇（蹴罢秋千）》

好在这个年轻人也对她一见钟情。几天后，赵明诚便委托长辈提亲，娶回了心上人。

婚后的李清照俨然一个幸福的小女人，经常陪着酷爱古董的赵明诚，逛庙会，淘宝贝。

若有心仪之物，即便贵得离谱，也要典当衣物，收入囊中，然后一边吃着点心，一边欣赏碑文，快乐得像是“葛天氏之民（原始部落中的小康社会）”。

那段时间，李清照写出来的新词，也能甜到齁死人，不是“老公老公我问你，我与花儿谁美丽”：

卖花担上，买得一枝春欲放。泪染轻匀，犹带彤霞晓露痕。

怕郎猜道，奴面不如花面好。云鬓斜簪，徒要教郎比并看。

——《减字木兰花（卖花担上）》

便是“真的好想你，我在夜里呼唤黎明”：

莫许杯深琥珀浓，未成沉醉意先融。疏钟已应晚来风。

瑞脑香消魂梦断，辟寒金小髻鬟松。醒时空对烛花红。

——《浣溪沙（莫许杯深琥珀浓）》

自带旋律的狗粮，足以让单身狗憋成内伤。

生活总是有晴有阴，明天会怎样，谁都说不准。

当时，北宋的“元祐党争”余波未停，生于官宦之家，个人和家庭的命运，全都系于朝廷。

李清照也不例外。先是父亲李格非，因反对新政被逐出京城，罢为庶民。

后是公公赵挺之，遭到蔡京迫害，刚刚退休，竟染病身亡。赵家兄弟三人，也被革去官职，遣回青州。

本就是佛系官员的赵明诚，便将全部身心投向金石碑文。作为妻子，李清照提供了全方位的支持。

知道丈夫的事业投资大、烧钱快，青州十年，她几乎不买新衣、不戴首饰，不进饭馆、不吃大餐。但只要看到古玩字画，都会毫不犹豫地买下。

此外，她还充分发挥才女的优势，帮助赵明诚撰写《金石录》初稿，这部考古考据学的鸿篇巨制，千年之后仍然极具价值。

安定下来的李清照，索性将居住的地方命名为“归来堂”，并自号“易安居士”。语出陶渊明的《归去来兮辞》：“倚南窗以寄傲，审容膝之易安。”有志不在室陋，心安无惧地小，纵是清贫落魄，照样田园牧歌。

陪着挚爱的人，一起做最爱的事，世间的幸福，莫过于此。

为了感谢妻子的陪伴与付出，李清照三十一岁生日那天，赵明诚特意在她的画像上题词："清丽其词，端庄其品，归去来兮，真堪偕隐。"直接将其定性为德艺双馨、淡泊宁静的艺术家。

这应该就是爱情最好的模样，既能策马奔腾，共享人世繁华，也能蜗居檐下，尝尽酸甜苦辣。

## | 三 |

本以为岁月静好，现世安稳，朝廷的一纸诏令，又让李清照的生活掀起了波澜。

1121 年，赵明诚被启用为莱州太守，后又改知淄州。

丈夫远走他乡，李清照独守闺房。各种空虚寂寞冷，全都化成了长调与小令：

薄雾浓云愁永昼，瑞脑消金兽。佳节又重阳，玉枕纱厨，半夜凉初透。

东篱把酒黄昏后，有暗香盈袖。莫道不销魂，帘卷西风，人比黄花瘦。

——《醉花阴（薄雾浓云愁永昼）》

红藕香残玉簟秋。轻解罗裳，独上兰舟。云中谁寄锦书来，雁字回时，月满西楼。

花自飘零水自流。一种相思，两处闲愁。此情无计可消除，才下眉头，却上心头。

——《一剪梅（红藕香残玉簟秋）》

就在李清照嗟叹“一种相思，两处闲愁”之时，北宋的国运也开始急转直下。

1127 年，金人南侵，汴京失守，徽宗、钦宗被俘，康王赵构在商丘匆忙即位，是为南宋高宗。

同年，赵明诚母亲病逝，为了躲避战火，他借奔丧之机，将十五车文物，转运到了江宁。

李清照则留在青州继续照看其他文物。她明白，这些字画卷轴、金石碑文，就是丈夫的身家性命。

不久，青州沦陷，兵荒马乱中，足足十间房屋的古董器具，一夜之间，化为灰烬。

但手无寸铁的李清照，还是冒着生命危险，穿越战火，在金兵的铁蹄下，抢出了些许珍稀之物。

夫妻团聚之时，赵明诚已是江宁知府。个人生活虽然暂得安定，但国难当头，遍地烽烟，李清照的心情颇不平静。

身处江宁，她的诗词作品，除了追忆往昔，触景伤怀：

庭院深深深几许？云窗雾阁常扃。柳梢梅萼渐分明。春归秣陵树，人老建康城。

感月吟风多少事，如今老去无成。谁怜憔悴更凋零。试灯无意思，踏雪没心情。

——《临江仙（庭院深深深几许）》

更多的则是批判苟且偷安的朝廷，抒发山河破碎的悲愤：

生当作人杰，死亦为鬼雄。

至今思项羽，不肯过江东。

——《夏日绝句》

字里行间，文风大变，少了一些儿女之态，多了几分家国情怀。南渡之后的李清照，已经从天真浪漫的女文青，蜕变成心系家国的女词人。

万万没想到的是，她连续写了几篇爆文抨击南渡君臣，赢来无数掌声，却被自己的丈夫猛地打了一记闷棍。

时局动荡，军心不稳，江宁发生兵变。身为知府的赵明诚，竟然趁着夜色，弃城而逃。

李清照心碎了一地，羞愧到窒息，对丈夫充满了鄙夷。

等到叛乱平息，她才找到丈夫。

赵明诚晕倒在一间小屋，身边堆放的是从青州运过来的文物。

看着孱弱枯瘦的丈夫，还有满屋的古董器具，李清照低头不语。

她终于知道，在丈夫心里，什么是比生命更重要的东西。

不久，赵明诚改知湖州，赴任离别之际，他一再嘱托妻子：“誓与金石共存亡。”

就是这短短七个字，让晚年的李清照颠沛流离、辛劳至极。

两个月后，赵明诚患上痢疾，在建康病逝。四十六岁的李清照，从此孤苦无依。自己没有立身之地，文物也无安身之所，她有些不知所措。

就在此时，不知从何处传来谣言，说赵明诚曾经将所藏之物赠与金人，有通敌之嫌。

李清照听说后，又急又气，为了力证丈夫清白，她决定将剩下的文物，全都上交朝廷。

国破家亡之际，这个小小的决定，却是一场备受煎熬的远行。

即位不久的宋高宗，正在金兵的追击下仓皇逃窜于江南各地。

年近五旬的李清照，只得孤身一人，携着数车文物，辛苦追寻天子的脚步。

往返奔波，却屡屡扑空，途中又历经盗匪和叛乱，那些古董器具很快就损毁大半，个中艰险，毋庸赘言。

但丈夫尸骨未寒，遗言犹在耳畔，身心俱疲的李清照不敢有丝毫怠慢，对劫后余生的文物，“如护头目”般，极为爱护。

她现在只有一个愿望，就是守着丈夫的遗物，安安静静地终老江湖。

殊不知，一场更大的风浪，正等着她自投罗网。

1132 年，李清照抵达杭州，在朝为官的弟弟李迒为她寻得一处栖身之所，四年的辗转奔波总算告一段落。

但苦命的李清照还没来得及喘息，无情的病魔又摧毁了她的身体。

“欲至膏肓”之际，一个名叫张汝舟的男人突然闯进了她的生活。

先是嘘寒问暖，煲汤尝药，后又以“如簧之说”和“似锦之言”，非常庄重、郑重、隆重地向她求婚。

善良的李清照一直相信爱情，加之疾病缠身，无人照应，温暖体贴、善解人意的张汝舟，便趁机溜进了她的心门。

征询弟弟意见后，犹豫再三的李清照，还是选择了再婚。

这无异于一颗重磅炸弹，震惊了学界文坛，引爆了坊间舆论，也几乎毁掉了她的一世英名。

宋元乃至明清，诸多文化名人，都给了李清照“不终晚节”的差评。

当然，这都是时代局限使然，那些封建卫道士只瞧得见男权受侵，却看不到女权觉醒。否则，李清照的改嫁行为，不至于广受诟病。

事情还没有结束。

再婚后不久，张汝舟便露出了真面目：他接近李清照，是觊觎那批文物。

几次霸占遭拒，他恼羞成怒，开始对李清照拳脚相加，“遂肆欺凌”。

委曲不能求全，隐忍也换不来安宁。李清照不是愚蠢的傻女人，面对暴力和欺骗，她做了一个惊人的决定——离婚。

在万恶的旧社会，从来没有女子“休夫”之说。除非丈夫犯了律法，妻子方可改嫁。

张汝舟本就劣迹斑斑，获取他的罪证，自然不难。

但南宋朝廷，却有一个奇葩规定，妻子检举丈夫，不论罪名是否属实，举报之人，都要入狱两年。

这也动摇不了李清照的决心，她要不惜一切代价，换取最后的尊严（此处应有女同胞的掌声）。

几天后，她向朝廷揭发张汝舟“妄增举数入官”，涉嫌学历造假、履历造假，这可是大不敬之罪。

一代才女，控告再婚之夫，李清照的逆天之举，迅速引起轰动，甚至惊动了宋高宗。

领导一重视，后果更严重，张汝舟很快就被革职流放，李清照成功逃离魔掌。

事后，经翰林学士綦 [qí] 崇礼等人鼎力相助，李清照只被关了九天，便重获自由（请再次响起掌声）。

## | 四 |

“寻寻觅觅，冷冷清清，凄凄惨惨戚戚”，先经丧夫之痛，又历骗婚之辱，迟暮之年的李清照，寂寞孤苦，无依无助，“只恐双溪舴艋舟，载不动许多愁”。

晚景虽然凄凉，意志却从未消沉，历尽沧桑的女词人，依然满腔热血，心系故土，为跃马中原、收复河山，屡屡写诗应援：

千古风流八咏楼，江山留与后人愁。

水通南国三千里，气压江城十四州。

——《题八咏楼》

子孙南渡今几年，飘流遂与流人伍。

欲将血泪寄山河，去洒东山一抔土。

——《上枢密韩公、工部尚书胡公》

当然，更多的时间，她都在校勘和整理丈夫的遗作，“每阅此书，如见故人”，这本《金石录》，是赵明诚毕生的心血，也几乎是李清照晚年唯一的寄托。

1143 年，《金石录》完稿并被呈送朝廷，李清照终于长舒了一口气。此生，她再无遗憾，了无牵挂。

她的生命，也开始了倒计时。最后的几年，病痛和寂寞给了李清照无尽的折磨：

这些她都能忍受。

作为一个文化人，只要有书、有花、有风景，便可忘却忧愁、化解苦闷：

落日熔金，暮云合璧，人在何处。染柳烟浓，吹梅笛怨，春意知几许。元宵佳节，融和天气，次第岂无风雨。来相召、香车宝马，谢他酒朋诗侣。

中州盛日，闺门多暇，记得偏重三五。铺翠冠儿，捻金雪柳，簇带争济楚。如今憔悴，风鬟霜鬓，怕见夜间出去。不如向、帘儿底下，听人笑语。

——《永遇乐（落日熔金）》

病起萧萧两鬓华，卧看残月上窗纱。豆蔻连梢煎熟水，莫分茶。

枕上诗书闲处好，门前风景雨来佳。终日向人多酝藉，木犀花。

——《摊破浣溪沙（病起萧萧两鬓华）》

真正让她寒心的，是一位十岁的小女孩，当面拒绝成为她的门生，理由是“才藻非女子事也”。

我才不会像你一样，天天舞文弄墨，做个坏女人。

字字锥心！李清照愣在原地，久久未能出声。

也罢，此生颠沛流离、波折无数，满是闲愁暗恨、离怀别苦，甚至遭人讥讽、饱受非议，又几时有过言语？

生命不过一场绚烂烟花，一切终将归于寂静。

都随他去吧。

大约公元 1155 年，李清照怀着对故土和亲人的思念，伴着“多少事、欲说还休”的寂寞，在西湖边的茅屋里，孤独地闭上了双眼。

一代词宗，千古第一才女，就这样香消玉殒。

窗外，雨疏风骤，绿肥红瘦，湖水拍打着堤岸，卷起浪花层层，藕花深处，似乎又响起阵阵吟咏之声：

常记溪亭日暮，沉醉不知归路。兴尽晚回舟，误入藕花深处。争渡，争渡，惊起一滩鸥鹭。

# 岳飞

三 十 功 名 尘 与 土 ， 八 千 里 路 云 和 月

## | 一 |

公元 1136 年，岳飞第二次北伐。

战事非常顺利，不出数月，南宋便已收复汝城、商州等地。

朝中诸多老臣，无不热泪盈眶，激动异常，称岳飞此役，“十余年来所未曾有，良用欣快”。

岳飞也准备乘胜追击，一举收复河北失地。

但他的满腔热血，并未得到高宗支持，终因孤军无援和粮草不济，不得不退军百里。

又一次前功尽弃！

岳飞的心里，满是悲愤和痛惜，但他收复河山、一统中原的决心，依旧十分坚定：

怒发冲冠，凭栏处、潇潇雨歇。抬望眼、仰天长啸，壮怀激烈。三十功名尘与土，八千里路云和月。莫等闲、白了少年头，空悲切。靖康耻，犹未雪。臣子恨，何时灭。驾长车，踏破贺兰山缺。壮志饥餐胡虏肉，笑谈渴饮匈奴血。待从头、收拾旧山河，朝天阙。

# 一晚的醉沉

众芳摇落独暄妍，占尽风情向小园。
疏影横斜水清浅，暗香浮动月黄昏。
霜禽欲下先偷眼，粉蝶如知合断魂。
幸有微吟可相狎，不须檀板共金尊。
——［宋］林逋《山园小梅》

东南形胜，三吴都会，钱塘自古繁华。
烟柳画桥，风帘翠幕，参差十万人家。
——［宋］柳永《望海潮》

暗淡轻黄体性柔，情疏迹远只香留。
何须浅碧轻红色，自是花中第一流。
梅定妒，菊应羞，画阑开处冠中秋。
骚人可煞无情思，何事当年不见收。
——［宋］李清照《鹧鸪天》

这首《满江红·怒发冲冠》，气势磅礴，悲壮豪迈，令人热血沸腾，荡气回肠，堪称千古绝唱。

此前五十年，苏轼谪居黄州时，曾写过《念奴娇·赤壁怀古》，对“羽扇纶巾”的周瑜，十分仰慕。

周瑜的确英俊儒雅，雄姿英发，被誉为“世间豪杰英雄士，江左风流美丈夫”，千百年来，也是圈粉无数。但在文学成就方面，却与岳飞相差甚远。

岳飞就不同，不仅战功赫赫，而且经史百家、雅歌投壶，爱好非常广泛，即便在高手如林的南宋文坛，也占有一席之地：

昨夜寒蛩不住鸣。惊回千里梦，已三更。起来独自绕阶行。人悄悄，帘外月胧明。

白首为功名。旧山松竹老，阻归程。欲将心事付瑶琴。知音少，弦断有谁听？

——《小重山（昨夜寒蛩不住鸣）》

他不是文武双全，而是文武双强。

岳飞生在南宋，该是朝廷之幸、民族之幸，只可惜他遇到的，是五千年才出一次的奇葩皇帝。

## | 二 |

1103年，岳飞出生于相州汤阴（今属河南）。

小时候的岳飞，就非同寻常。

他沉默寡语，却性格刚直，遇有不平事，便“意所欲言，不避祸福”。

他天资敏悟，博闻强记，爱读“左氏春秋”和“孙吴兵法”。

他力大无比，十几岁时就能“引弓三百斤”，左右连射，百发百中。

父亲曾问他：“日后若为国家所用，你会以身报国吗？”

岳飞满脸正色：“只要父亲允许，孩儿何事不敢为！”

父亲很是欣慰：“有子如此，吾无忧矣！”

在父母的支持下，二十岁的岳飞正式加入南宋军队，此后数十年，他一直南征北战，屡建奇功。

入伍当年，他便主动请命，带兵平定相州内乱。后来又在滑州城南，以不足百人之力，击败数千金兵。到了曹州，他空手与金兵肉搏，竟逼得敌人撤军十里。

好几场以少胜多的战役，让岳飞声名鹊起，先后得到宗泽、张所等高级将领的赏识，很快便从一名小队长，成长为军中骁将。

1127年，徽宗、钦宗二帝被俘，北宋宣告灭亡。

数十天后，康王赵构在河南商丘即位。

这位宋高宗，完美继承了徽宗的两大“优点”，爱艺术，爱逃跑。

南宋建国后，众多将领的抗金热情高涨至沸腾，但骨子里的“恐金症”，还是让高宗乱了方寸。

在奸臣汪伯彦、黄潜善的怂恿下，他决定放弃中原，逃往南方。

时任修武郎的岳飞，为此上书千言，恳请高宗趁着敌军倦怠松懈之时，御驾亲征，北上抗金：

黎元有归，社稷有主，已足以伐虏人之谋。

彼方谓吾素弱，未必能敌，正宜乘其怠而击之。

为今日之计，莫若请车驾还京，罢三州巡幸之诏，乘二圣蒙尘未久，虏穴未固之际，亲帅六军，迤逦北渡。

则天威所临，将帅一心，士卒作气，中原之地指期可后。

按理说，这应该是南宋北伐的一次良机，但满腔热血的岳飞，只得到了八个字的回应："小臣越职，非所宜言。"然后被革除军籍，遣回故里。

罢为庶民的岳飞，依然关注着前线的战局，随时准备挺身而出。

次年，金军兵分三路，围攻开封。

岳飞听说后，随即赶往东京，再次投靠宗泽，与金兵决战于胙[zuò]城、官桥等地，外敌虽猛，却始终未能踏进汴梁半步。

四月，天气渐热，金人开始撤军。

宗泽连上数十道奏折，希望赵构早日回京，谋划北伐大业。

高宗却置若罔闻，依旧藏匿于江南，天天歌舞升平，还时不时地到各大景区题题字，写写生。至于江山社稷、黎民百姓，他从来都不关心。

年近七旬的宗泽，气到吐血，终至一病不起，含恨离世。

弥留之际，他没有交代任何后事，念念不忘的仍是北伐抗金，在用尽全身力气，连呼三声"渡河"之后，才撒手西去。

宗泽病逝后，继任的杜充软弱无能，先是擅离开封，后又弃守建康，最后竟投奔金国，成了万人唾骂的降将。

岳飞不屑与之为伍，只得带领孤军辛苦转战于后方。

在广德遭遇金兵，六战六捷后，他又前往宜兴，降服了作乱的叛军。

当地父老乡亲对岳飞感激不尽，都将他的画像供于家中，朝叩晚拜，称“父母生我也易，公之保我也难”。

金兵占领建康后，一路向南，追杀逃亡的赵构，但赶到宁波时，高宗已经乘船出海。

金兀术大为恼火，一番疯狂地烧杀抢掠之后，才撤军北归，路经常州，正好遇上从宜兴赶来的岳飞。

短兵相接，岳家军四战四捷，金兵主力全都逃往建康。

养尊处优的赵构，可能实在受不了海水太咸、乘船太颠，在听闻金兵受挫后，便诏令岳飞前往镇江，协同其他将领，伺机收复建康。

原来皇帝也想家啊。

岳飞接旨后，迅速驰往建康，在城南的清水亭杀敌数千人，横尸六七里。

随后，又追至牛头山，与金兵决战，硬是把金兀术打得心服口服。建康收复。

不久，回到越州的赵构，便在临时行宫接见岳飞，同时赏了不少兵器和财物。

正是从这个时候起，岳飞的戎马生涯迈入了“黄金十年”。

## | 三 |

1130年，岳飞在常州与金兵苦战月余，擒获主帅、偏将七十余人，高宗异常兴奋，称其节义忠勇，无愧古人，甚至坦言，如今大宋步履维艰，若无岳飞等人，他还能和谁一起，收复故土，挺进中原?

真是人生如戏，全靠演技，如果不联系上下文来考量高宗的为人，这番热血之言，大家差点就信以为真。

1133年，岳飞先后平定吉州、虔州、袁州等地叛乱，高宗极为满意，除了“犒赏甚厚”，还订制军旗一枚，御笔亲书“精忠岳飞”，赐予岳家军。

在嘉奖岳飞的诏令中，赵构更是不吝褒扬之词：

千里行师，见秋毫之无犯。百城按堵，闻夜吠之不惊……江湖之间，尤所欣赖，儿童识其姓字，草木闻其威声。

一年后，三十二岁的岳飞，第一次领军北伐，成功收复襄阳六郡，被擢升为清远军节度使，湖北路、荆、襄、潭州制置使，成为有宋以来，最年轻的节度使。

当然，岳飞在意的，并非功名利禄，而是抗金大业：

遥望中原，荒烟外、许多城郭。想当年、花遮柳护，凤楼龙阁。万岁山前珠翠绕，蓬壶殿里笙歌作。到而今、铁骑满郊畿，风尘恶。

兵安在，膏锋锷。民安在，填沟壑。叹江山如故，千村寥落。何日请缨提锐旅，一鞭直渡清河洛？却归来、再续汉阳游，骑黄鹤。

——《满江红（遥望中原）》

年底，金兵再犯中原，发兵庐州。赵构立刻诏令岳飞：“即日引道，兼程前来……夫非卿到，终不安心。”

很明显，在高宗看来，南宋的战场，一刻都离不开岳家军。

岳飞火速前往，不到一个月，便赶走金兵，“军声大振，庐州遂平”。

1135年，湖南有乱兵反宋，岳飞仅用八天时间，就消除了朝廷的心腹大患，高宗大喜，赞其：“威名冠世，忠义济时，先声所临，人自信服……平积年啸聚之党，于旬朝指顾之间。”

这评语，已经盖过了周瑜的“谈笑间，樯橹灰飞烟灭”，可以想象，当年的岳飞，该是何等踌躇满志，意气风发。

第二年，岳飞母亲病逝，请求解去官职，回乡守制。

但他刚回庐山，兵祸又起，朝廷连下数道诏书，强令岳飞回军，这才有了第二次北伐，汝城、商州等地得以相继收复。

岳飞正想顺势北上，再打几场胜仗，无奈高宗不敢恋战，只得偃旗息鼓，退回鄂州。

金兀术得知宋廷撤军，以为东线无重兵把守，便再次举兵犯境，结果又被前来驰援的岳飞打了一个落花流水。

虚惊一场的高宗，连忙派人犒劳军队，封赏岳飞，大赞：“非我忠臣，莫雪大耻。”

1137年，岳飞升任太尉，一跃成为南宋高官。赵构不仅将数万精兵划给岳家军，还当众告诉其他将领：“听飞号令，如朕亲行。”

这应该是岳飞和赵构关系最为亲近的时期。

岳飞当然不会错过良机，趁着天子高兴，他又上书朝廷，力主抗金：

臣伏自国家变故以来，起于白屋，从陛下于戎伍，实有致身报国、复仇雪耻之心，幸凭社稷威灵，前后粗立薄效。

陛下录臣微劳，擢自布衣，曾未十年，官至太尉。

异时迎还太上皇帝、宁德皇后梓宫（灵柩），奉邀天眷，以归故国，使宗庙再安，万姓同欢，陛下高枕万年，无北顾之忧，臣之志愿毕矣。

然后乞身归田里，此臣夙夜所自许者。

这篇文字，很值得推敲。

没有您圣明天子，岳飞一介布衣，凭什么能在十年间官至太尉？

这是他在感恩朝廷，感谢赵构的知遇之恩。

重点是，岳飞并没有提起“迎还二帝”，只是将钦宗列为“天眷”之一。

这是在向高宗表态，整个南宋，您才是真龙天子。

岳飞最后还说，北伐功成之时，便是他解甲归田之日。

这是在消除高宗真正的“后顾之忧”。

不知道看了这封奏表，还会不会有人说，后来的岳飞，是死于“情商低”？

反正高宗阅后，那是相当高兴，亲笔御批：“有臣如此，顾复何忧。”还当面告诉岳飞，“中兴之事，朕一以委卿。”南宋所有兵将，除张俊、韩世忠外，全都交由岳飞调遣。

岳飞也热血澎湃，似乎看到不远的将来，宋军挥师北上、一统河山的画面。

## | 四 |

但历史的车轮，并不是沿着一根直线前行。稍微有点风吹草动，掌舵的人，都会改变行程。

该秦桧上场了。

这个高宗身边最红的人，曾被俘金国多年，与金国几任首领的关系，都说不清、道不明。

他是南宋最坚决的主和派，坚称："如欲天下无事，南自南，北自北。"

哎呀，和平来之不易，且行且珍惜，唯有与金人南北分治，大宋方可太平。

这话说得，连赵构都听不下去了："咋滴，朕就是北方人，也要受金国统领呗？"驳得秦桧一愣一愣，半晌没有反应。

如今，见高宗将兵马大权都授予岳飞，秦桧深知，求和大计必然受阻，便和张浚（不是上文的张俊）一起面圣，说岳飞如果兵权独揽，势必功高震主，请求朝廷收回成命，以保天下安宁。

张浚也是抗金名将，他不反对北伐，只是对年轻的岳飞独掌兵权，颇有想法。

行营左护军的首领，因治军不力被免后，张浚曾找来岳飞商议主帅人选，提了三四个候选人，岳飞都觉得不满意，张浚很是恼火："那看来非岳太尉不可了！"

岳飞当场就怼了回去："都督问的是正事，我当然慎重作答，岳某岂是贪恋兵权之人！”

两人不欢而散，满肚子委屈的岳飞，索性递上辞呈，跑到庐山脚下，为亡母守灵。

高宗连派多位重臣敦促岳飞回军，岳飞都以守丧为由，拒不听命。

不久，左护军的两个副将，带领四万宋军，并裹挟十万百姓，叛宋降金。张浚方知用人不当，“始悔不听岳飞之言”，只得引咎辞职，罢官归田。

岳飞这才赶回军中，并移师江州，“日夜训阅”“戮力练兵”，随时准备出征。

但此时的金国，主和派的完颜昌开始掌权，1138 年，他遣使南下，与大宋和谈，表示愿意归还河南之地，送回徽宗灵柩，释放赵构生母韦氏。

他们的条件是，南宋必须改称“江南”，以后仅作为大金属国存在。

岳飞当然坚决反对：“夷狄不可信，和好不可恃，相臣谋国不臧，恐贻后世讥议！”

赵构却眉头紧锁，无比沉痛地说：“先帝梓宫，果有还期，虽待二三年尚庶几。惟是太后春秋高，朕旦夕思念，欲早相见，此所以不惮屈己，冀和议之速成也。”

先帝的灵柩，迟个几年也无妨，只是韦太后年岁已高，朕朝思暮想，唯愿早日相见。所以朕宁愿委屈自已，希望尽快和谈成功。

好一个“屈己求和”，赵构这番话，首先感动到的，就是丞相秦桧，他立马深情歌颂圣上：“屈己议和，此人主之孝也。”

就这样，君臣二人愉快地做出了丧权辱国的决定。

随后，秦桧以宰相身份代表南宋朝廷，跪拜于金人膝前，献上巨额赔款，并答应取消宋朝国号，年年纳贡。

和议达成后，赵构认为应该举国同庆，便大赦天下，同时封赏文臣武将。

岳飞连上三道奏折，辞谢加封的官衔，认为金国言而无信，欲壑难填："今日之事，可危而不可安，可忧而不可贺。"

这些话，高宗当然懒得听，但岳飞的预言，很快就得到了印证。

一年后，金兀术杀掉完颜昌，撕毁与大宋签订的合约，再次领兵南下，进犯亳州。

高宗很是郁闷，这好日子才过了几天，又不得安宁，马上下诏给岳飞，让他"竭忠力，图大计"，并表示，前线一切抗战事宜，岳飞均可自行处理："贼方在境，难以召卿还来面议，施设之方，则委任卿，朕不可以遥度也。"

1140 年，岳飞开始了第四次北伐。

出兵前，将士纷纷给家人留言："河北平，乃相见。"

岳家军爆表的战斗力，再加上同仇敌忾的决心和勇气，直打得金兵节节败退，狼狈至极。

但天子的心也是海底针，总是摇摆不定。局势稍稳，赵构便派遣李若虚，向岳飞传达诏命，提醒"兵不可轻动，宜且班师"。

别打得太猛，意思意思就行了，这简直视战场如游戏，岳飞当然不会同意。

好在李若虚也是抗金志士，愿意承担“矫诏之罪”，支持岳飞北定中原。

早在十年前，岳飞就开始实施“连结河朔”战略，团结敌占区的民间抗金力量。

此次北伐行动，便有多地忠义民兵在后方配合岳家军作战，与正面进攻的宋军，对屯兵汴梁的金兀术形成全面包围之势。

然而就在此时，诡异的事情出现了，数天之内，张俊、刘锜、韩世忠等人先后接到退兵的诏令，岳飞又成了孤军。

他连发多道加急文书，请求朝廷派军支援，却无任何回应。

岳飞选择继续孤军深入，在郾城，他与金兀术的十万金兵，大战月余，岳家军全体将士，“无一人肯回顾”，杀得“人为血人，马为血马”，金兵伤亡过半，只得仓皇北窜。

遭此重创后，敌军纷纷哀叹：“撼山易，撼岳家军难。”

消息传至朝廷，高宗也非常兴奋，感慨和金国打了十五年，不下百战，都不及这一次岳飞孤军作战，赢得大快人心！

自羯胡入寇，今十五年，我师临阵，何啻百战。曾未闻远以孤军当兹巨孽，抗犬羊并集之众，于平原旷野之中，如今日之用命者也。

话说赵构对于抗金的态度，还真是一瞬间会有一百万种可能。

在开封城外的朱仙镇，岳飞再次大败敌军。

金兀术大怒，号令诸将再战，现场竟无人敢应声。

昔日的威猛之师，竟胆怯至此，金兀术万念俱灰，不禁仰天长叹：“自起北方以来，未有如今日之挫败。”然后下令撤军，准备渡河北上，逃回大本营。

眼看曙光就在前方，岳飞自是豪情万丈，为鼓舞士气，早日夺取胜利，已经戒酒十余年的他，兴奋地告诉众将：“直抵黄龙府，当与诸君痛饮！”

但岳飞不知道的是，他永远都没有痛饮的机会了。

捷报频传的岳家军，早就让暗通敌国的秦桧，如芒在背，彻夜不安。

他唆使谏臣提醒高宗：“兵微将少，民困国乏，岳飞若深入，岂不危也。”力请赵构下诏，让岳飞班师回朝。

岳飞接诏后，连忙写下千言奏状，认为：“现天时人事，强弱已见。时不再来，机难轻失……此正是陛下中兴之机，金贼必亡之日。苟不乘时，必贻后患。”

高宗一看，又觉得言之有理，便诏令他联合杨沂中、刘锜等人，乘机破敌：

得卿十八日奏，言措置班师，机会诚为可惜。卿忠义许国，言词激切，朕心不忘。卿且少驻近便得地利处，报杨沂中、刘锜同共相度，如有机会可乘，即约期并进。

这可吓坏了秦桧，他再次进宫面圣，反复强调“孤军不可留”，称败则亡国，胜则盖主，终于让高宗下定决心，一日之间，连下十二道金牌，强令岳飞班师。

功败垂成！

岳飞悲愤之极，却也无可奈何，只得手执金牌，面东而拜："臣十年之力，废于一旦！非臣不称职，秦桧实误陛下也。"

在场诸将，也都长吁短叹，痛心不已。

听闻岳飞即将撤军，当地百姓都跪在路旁，拦在马前哭诉："得知大军北伐，我们顶香盆、运粮草，夹道欢迎官军。相公今日若就此离去，以后谁保我们周全啊！"

岳飞强忍眼泪，跳下马背，让手下拿出诏书，示给父老乡亲："朝廷有令，岳某不敢逗留。"

百姓一看，顿时哭声震野。

大军行至蔡县，又有数百名书生、僧道和乡亲，围至岳飞身边，叩头哀求："此地沦陷已有十余年，听说官军前来，我们朝思夜盼，度日如年。如今敌寇败走，疆土渐复，大业将成，相公真的忍心班师回转吗？"

岳飞欲哭无泪，无言以对，决定停留五日，以掩护百姓撤往襄汉。

败走的金兀术，正带领残兵败将一路北上，突然跑出一个书生："将军莫走，开封依然可守，岳少保很快就会退兵。"

金兀术当然不信："开什么玩笑，岳飞五百骑兵，可破我十万大军，中原百姓，都日夜盼望其来，我拿什么守城？"

书生狡黠一笑："这你就不懂了。自古未有权臣在内，而大将能立功于外者。依我看来，岳飞已自身难保，北伐焉能成功？"

金兀术恍然大悟，立刻调转马头，奔向汴州，一路攻城略地，无人可敌，不出数日，便夺回河南诸地。

岳飞听闻噩耗，失声痛哭："所得诸郡，一旦都休！社稷江山，难以中兴！乾坤世界，无由再复！"

回到朝廷后，岳飞心灰意冷，主动要求解除兵权，提前致仕。

赵构却满脸谜之冷笑，称"未行息戈之期"，战事未停，不同意辞职申请。

岳飞无奈，只得留在朝中待命。

一场滔天巨浪，即将汹涌袭来。

## | 五 |

1141 年春，金兀术再度犯境。

赵构派岳飞、张俊、韩世忠等将，前往淮西迎敌。

张俊指挥失当，前线溃败，回京复命时，却慌称岳飞以粮草缺乏为借口，"逗留不进"，当负全责。

身边人提醒岳飞，应该与张俊当庭辩论，岳飞却不以为然："我问心无愧，有何可辩之处。"

原以为一身正气，无愧于天地，无需自证清白。没想到岳飞这一次背的锅，却成了日后获罪的"证据"之一。

同年四月，秦桧向赵构建议："诸将久握重兵，难以节制，当以三大帅改任枢密使、副，罢其兵。"高宗便一纸诏书，免去岳飞、张俊和韩世忠的兵职，改为枢密院任职。

边境未宁，烽烟四起，三大主帅同日被免职，这样的奇葩事，也只会发生在南宋。

三人中，张俊本就是秦桧的党羽，这次职务调整，他属于配合演出，接下来的剧情中，他还将扮演重要角色。

这天，张俊与岳飞，奉命前往楚州视察韩世忠的军队。

名义上是常规检查，实际上却是伺机栽赃。

临行前，张俊就对岳飞直言相告："这次的任务，就是要找到韩世忠逆反的证据，然后瓦解他的旧部。"

岳飞大怒："世忠已是枢府大臣，楚州之兵，便是朝廷之军，岳某绝不做此荒唐之事。"

张俊一声冷哼，没有回应。

到了楚州，他实在找不到把柄，便对岳飞说："城墙毁坏至此，尚未及时修复，看来这个韩世忠，对金人毫无防备之心。"

岳飞据理力争："眼下形势，当以克复为主，退守之策，可容后考虑，世忠何错之有？"

张俊无言以对，只得作罢。

岳飞的正直，暂时保护了韩世忠，但他说的这句话，经秦桧一党断章取义，竟演绎成了"外敌至强，城池难守"，长金人威风，灭宋军志气，简直罪大恶极。

回到临安后，秦桧便指示谏官，罗列多条罪状，弹劾岳飞"位高禄厚，日益颓废""支援淮西，出兵不力""弃守楚州，动摇军心"，建议朝廷免去其职，外放出京：

伏见枢密副使岳飞，爵高禄厚，志满意得，平昔功名之念，日益颓惰。今春敌寇大入，疆场骚然，陛下趣飞出师，以为犄角，玺书络绎，使者相继于道。而乃稽违诏旨，不以时发。久之，敌一至舒，蕲，匆卒复还。所幸诸师兵力，自能却贼，不然则其败挠国事，可胜言哉！比岳飞按兵淮上，公然对将佐谓山阳不可守，沮丧士气，动摇民心，远近闻之，无不失望。伏望免飞枢密职事，出之于外，以伸邦宪。

真是滑天下之大稽，哪一条罪状，都与岳飞相隔十万八千里。

但此时的南宋，“是非黑白，在桧呼吸间”，且秦桧此举，绝不是他一个人的主意，岳飞很快就被免职，回到庐山闲居。

然而，朝廷对岳飞的迫害并没有到此为止。

根据事先安排，张俊收买了岳飞的两个下属，唆使他们出面，指证岳飞、岳云父子，以及部将张宪勾结金国，意欲谋反。

曾有人提醒岳飞，投降派要加害于他，岳飞却坚信：“苍天有眼，必不会让忠臣陷于不义。”

使天有目，必不使忠臣陷不义。万一不幸，亦何所逃。

但第二天，就有使者上门，带岳飞父子前往临安。

家人很是担心，岳飞依然淡定：“皇天后土，可表飞心耳。”

刚到临安，岳飞父子就被关进了大理寺。

一身清白的岳飞自然无惧审讯，对所有指控全都予以否认。

典狱官何铸准备用刑，扯下衣服才看清，岳飞的后背上，刻有四个大字，那是岳飞年幼时，深明大义的母亲含泪刺下的谆谆之语——“尽、忠、报、国”！

何铸当场怔住，沉默良久后，他决定禀告秦桧，岳飞实属无辜，不应治罪，并表示不愿再审。

秦桧回了他一个白眼：“此圣上之意也。”随即改命万俟卨 [xiè] 审问岳飞。

万俟卨是个酷吏，他对岳飞施以各种酷刑，打得这个曾经让敌人闻风丧胆的将军，几度昏迷不醒。

但狱中的岳飞，始终保持沉默，誓死不认罪。

两个月过去了，马上就到年关，万俟卨依然没有从岳飞的口中拿到一个字的口供。

他只得跑到相府，向秦桧求助。

秦桧一边吃着甜柑，一边漫不经心地回应：“忘了淮西之役吗？贻误战机，那可是死罪。”

万俟卨大喜，连忙回到大理寺，伪造了一份口供，上报至宋高宗。

朝廷很快核准了岳飞的死刑。

行刑前，万俟卨问岳飞有何遗言，岳飞仰天长笑，索来纸笔，只写下八个大字：“天日昭昭，天日昭昭。”

然后，刽子手将其五花大绑，押往刑房，用石锤猛击双肋，钢筋铁骨的岳飞，瞬间胸骨尽碎，心肺俱裂，当场吐血而亡，年仅三十九岁。

这一天，是 1141 年农历十二月二十九日，同时被赐死的，还有岳飞的儿子岳云，以及部将张宪。

岳飞死讯传出，举国震惊，上至耄耋老人，下至三尺孩童，无不垂泪流涕。唯有金国君臣举杯欢饮，称：“和议自此坚矣。”

岳飞入狱时，大理寺官员李若朴、何彦猷、薛仁辅等人坚信岳飞无罪，替他说了几句公道话，第二天就被免职。

皇叔赵士㒟 [niǎo] 愿以百口身家，力保岳飞，很快就遭到秦桧弹劾，被外放建州，最终客死他乡。

更有一介布衣刘允升，冒死上书，替岳飞鸣冤，竟被大理寺处死。其他对岳飞一案稍有议论的官员，不是降职，就是入狱。

闲居在家的韩世忠专程跑到临安，质问秦桧："岳飞所犯何罪？"

秦桧回答："其事体莫须有。"韩世忠气得浑身发抖，指着秦桧大声怒吼："敢问相爷，'莫须有'三字，何以服天下？"

秦桧只是一脸冷笑，迟迟不愿答话。

他能说什么呢？"岳飞特赐死"的诏令，那可是高宗下的。

至于赵构为什么要赐死岳飞，历来众说纷纭，有的说是因为岳飞年轻气盛，不听君令，有的说是因为岳飞越职言事，干预皇室立储，而流传最广的，则是如果徽宗、钦宗归来，会危及高宗的皇位，这个说法，错误、幼稚，甚至可笑。

徽宗早已禅位，且在岳飞第二次北伐时，已驾崩于五国城。而钦宗实际在位时间不过一年，就算回到宋廷，对执政十余年的高宗来说，除了有点膈应，没有任何威胁。

还有一种看法认为，高宗膝下无子，一旦迎回钦宗，皇位必将传给钦宗一系。

说得好像钦宗不回来，高宗就能变出一个儿子，继承大位一样。

赵构早在绍兴年间就已经选中两个皇侄，抚养在后宫，以作皇储之选。其中一个，就是后来被誉为南宋最有作为的皇帝——孝宗赵昚

[shèn]。

很显然，这些都不是高宗一味求和、必杀岳飞的理由。

那么问题来了，赵构为什么要自毁长城、自弃中原呢?

因为他在乎的，不是江山，而是皇权。

从登基的第一天起，高宗对抗金的态度，一直非常暧昧，从来都是不主动，不拒绝，不坚决，浅尝辄止，小胜即止。

“靖康之耻”让赵构对金人恨之入骨，也惧之入骨。

无论岳飞、韩世忠等人如何英勇善战，他都不会支持军队渡河北上，更不容许岳飞所说的“直抵黄龙府”，万一大败而归，谁能再护江南?

他输不起。

有“和”才有“安”，秦桧主张的“南自南，北自北”，未尝不是高宗最乐于见到的局面。只有这样，他才能偏安一方，继续做他的帝王。

另外，大宋赵氏一脉，历来忌讳武将专权，屡立战功、声威赫赫的岳飞，高宗自然有所惧惮。

加之金国提出“必杀飞，始可和”，秦桧认为，岳飞不死，和谈肯定受阻，他自己也难逃灾祸，如此君臣合谋，才酿出了这千古奇冤。

直到1162年，孝宗赵昚即位，才为岳飞平反，恢复其官，以礼改葬，并找到岳家后人，赏钱百万，以恩荫授官。

1178年，孝宗召见岳飞三子、时任钦州知县的岳霖，称岳飞：“卿家冤枉，朕悉知之，天下共知其冤。”随后追谥岳飞为“武穆”，宁宗时追封为鄂王，理宗时又改谥“忠武”。

## | 六 |

岳飞，是中国知名度最高的民族英雄、爱国将领。

他忠孝两全。皇帝赏他府邸，他婉言谢绝：“敌未灭，何以家为？”下属送他名姝，他却之不受：“主上勤于政事，将军岂能纵情声色？”

有人问他，天下何时太平？岳飞答：“文臣不爱钱，武臣不惜死，天下太平矣。”

母亲生病，他必亲尝汤药，跪送榻前，母亲去世，他哭得双眼红肿，三天粒米未进。

他重情重义。副将戍守边疆，他让妻子慰问其家。有战死者，必捐出俸禄，抚养其孤。

行军作战，岳飞坚持与最下等的士兵，吃同样的伙食。遇有粮草紧缺，将士饥肠辘辘，也绝无半点扰民之举。每有犒赏，他都说：“将士效力，飞何功之有？”然后全都分给将士，从不藏私。

张所去世后，岳飞感念旧恩，四处寻访他的遗孤，将孩子接至身边，习文练武，并上奏朝廷，为他争取荫官。

他有勇有谋，既精于战术，也长于战略，擅长以寡敌众，以少胜多，是有宋以来不可多见的“文武全器，仁智并施”者。

难怪后世的文天祥，称岳飞为南宋的吕尚（姜子牙），且“当世无人能及”，“建功树绩，永载史册”。连超级自恋的乾隆，也对岳飞佩服得五体投地："惟尔公忠秉性，智勇超伦。"

南宋能够偏安，很大程度上，得益于岳飞的十年抗战。

如果没有岳飞，或许高宗连求和的机会都没有：

子孝臣忠，决战早成三字狱。

君猜相忌，偏安还赖十年功。

——刘大白

这一点，赵构心里清楚吗？或许吧。

# 陆游

任由凄风苦雨，自有一身傲骨

## | 一 |

溪烟一缕起前滩，急雨俄吞四面山。

造化等闲成壮观，月明却送钓船还。

——《湖上急雨》

公元1203年，越州山阴（浙江绍兴），一场急雨过后，致仕归乡的陆游，正对着昨夜的新作赞不绝口。

突然下人来报："老爷，新任知府辛弃疾到访。"

陆游一听，相当兴奋。

这个辛弃疾可不是普通人。文武双全，能治善战，曾带领数十人在五万敌军中生擒叛徒，为大宋立下奇功一件。

中原沦陷，朝廷苟且偷安，唯独他和少数几人坚持北伐，力主抗金，与陆游绝对是同道中人。

"快快有请。"老陆一边收起诗稿，一边吩咐下人。

未几，门外响起一阵爽朗的笑声，只见辛弃疾大步流星，走进屋来，便向陆游躬身。

陆游赶紧相迎："你年过花甲，我已逾古稀，咱俩不必拘礼！"

说完，便招呼客人坐下。

刚刚落座，辛弃疾就打量起陆游的住所："陆大人一心为国，两袖清风，深得晚生敬重，只是这草庐着实寒酸，且天干物燥，安全隐患极大。这样吧，过几日，我让人运些砖瓦，为您另修住处。"

陆游微微一笑："有劳辛大人费心。子美能住草堂，梦得可居陋室，我有此寒舍，足矣。"

如此，辛弃疾便不再坚持。寒暄几句后，两位资深主战人士，开始畅谈起军事国事天下事。

金兵作乱，四处烽烟，南宋官员却歌舞升平，漠不关心。每谈至此，两位热血老人都愤愤不平。

交谈中，陆游得知，主战派大将韩侂胄［tuōzhòu］刚刚拜相，这让老陆再次看到了希望。

果然，次年春天，辛弃疾便奉旨入京，商讨北伐事宜，陆游听说后，欣然作诗一首，为之送行：

大材小用古所叹，管仲萧何实流亚。

天山挂旆或少须，先挽银河洗嵩华。

中原麟凤争自奋，残虏犬羊何足吓。

但令小试出绪余，青史英豪可雄跨。

——《送辛幼安殿撰造朝》

稼轩啊，你若挂帅出征，必能一呼百应，各地豪杰定当奋勇抗金，如此，则战乱可平，大业可成。

对于陆游来说，宋军收复中原，一统河山，是他唯一的夙愿。

## | 二 |

1125 年，陆游生于越州的名门望族。

陆氏自汉朝以来，都是天下名族，文武忠孝，史不绝书。

曾祖陆珪，幼时经历颇为传奇。七岁方能言，张口便作诗：

昔年曾住海三山，日月宫中数往还。

无事引他天女笑，谪来为吏向人间。

——《书壁》

一时间，神童之名，传遍乡野，后来果然进士及第，最终官至一品。

祖父陆佃，师从王安石，精通经学，先任礼部侍郎，后又转任副宰相。

父亲陆宰，曾任临安知府，致仕后闲居故里，潜心钻研学问，他自建的藏书楼位列“越州三大藏书楼”之首。

出身这样的家庭，陆游自然天赋异禀，博学多闻，未及弱冠，诗名已盛。

连续两次落榜后，临近而立之年，陆游又以恩荫子弟的身份，参加了锁厅考试。

主考官两浙转运使陈子茂非常欣赏他的才华，将其评为笔试第一。

眼看就要走上人生巅峰，陆游却遭遇一场雪崩。

宰相秦桧之孙秦埙，也是同届考生。见孙儿名列陆游之下，秦相爷比见到了妖怪还要意外："什么，竟然还有这个操作？"

他立刻将陈子茂贬职，同时更换主考官，要求其选人用人必须符合大宋国情，来年推荐殿试人选之际，务必抹掉陆游的姓名。

就这样，才高八斗的陆游，硬是输给了猪一样的对手。

直到秦桧死后，在朝中熟人的推荐下，三十余岁的陆游才谋得一个主簿的职位。

到任后，他兢兢业业，克己奉公，深受百姓爱戴，未满一年就调入京师，担任敕令所删定官，负责校对朝廷出台的法律法规。

从此，陆游的仕途，便开启了过车山模式，升得快，跌得急。

高宗时期，他频频谏言，今天规劝皇上不要把玩珍稀之物，以免"亏损圣德"，明天又提醒天子，杨存中独掌禁军，权威日盛，应降职为宜。

庆幸的是，高宗对陆游极为信任："你诗写得好，说什么都有理。"不仅对照意见积极整改，还任命他为大理寺司直兼宗正簿。

如此独得恩宠，可谓荣耀至极。

孝宗即位后，陆游改任枢密院编修官。

不久，史浩、黄祖舜两位枢密使，同时向皇帝推荐，说陆游"善词章，谙典故"，堪比前朝李白。

孝宗一听，极为高兴，马上召见陆游，几轮"请听题""请作答"下来，皇上认为他"力学有闻，言论剀切"，遂赐其进士出身。

不用考试就能获得功名，这让陆游深感荣幸：

唯是科名之赐，近岁以来，少有此比；不试而与，尤为异恩。

于是，他便继续发扬优良作风，三天上一表，五天奏一本，以报知遇之恩。

当时，龙大渊、曾觌［dí］二人恃宠干政，广收贿赂，权势颇盛。

闲聊时，陆游和枢密使张焘提及：“龙、曾二人结党营私，蛊惑圣上，今日不除，后患无穷。”

张焘深以为然，迅速向孝宗禀告。

孝宗一愣：“这话谁说的？”

张焘回答：“陆游。”

孝宗大怒：“这是几个意思？朕看上的人，岂能由他说三道四！”

马上下旨，将陆游贬为建康府通判。可能是觉得，南京属于一线城市，贬至这里做官，惩罚力度不够，几个月后，又将他调任隆兴府（南昌）通判。

到这还没完，过了一段时间，又有人在孝宗面前进言，说陆游不思悔改，结交谏官、鼓唱是非。

皇帝听后，勃然大怒，将陆游一撸到底，免去所有官职。

此时的陆游，已年届不惑，罢黜回乡后，倒也落了个清闲自在。

加之越州山清水秀，民风淳朴，更是让其乐开了怀：

莫笑农家腊酒浑，丰年留客足鸡豚。

山重水复疑无路，柳暗花明又一村。

箫鼓追随春社近，衣冠简朴古风存。

从今若许闲乘月，拄杖无时夜叩门。

——《游山西村》

只是一想起金兵肆虐，朝廷苟且，陆游的心就凉了半截：

家住苍烟落照间，丝毫尘事不相关。斟残玉瀣行穿竹，卷罢《黄庭》卧看山。

贪啸傲，任衰残，不妨随处一开颜。元知造物心肠别，老却英雄似等闲！

——《鹧鸪天（家住苍烟落照间）》

貌似轻松洒脱，实则心酸无奈。明明才四十二岁，却道“老却英雄”，个中悲凉，不知几人能懂。

1169 年，主战派官员陈俊卿拜相，在他的鼎力推荐下，陆游被授职夔州（四川奉节）通判。

后应川陕宣抚史王炎邀请，转至南郑担任幕府，这是他有生以来第一次亲临抗金一线，自然热血沸腾，异常兴奋：

忆从嶓冢涉南沮，笳鼓声酣醉胆麤。
投笔书生古来有，从军乐事世间无。
秋风逐虎花叱拨，夜雪射熊金仆姑。
白首功名元未晚，笑人四十叹头颅。

——《独酌有怀南郑》

在南郑，陆游巡查军营，分析敌情，作《平戎策》，提出“当积粟练兵，有衅则攻，无则守”的军事主张，得到了王炎首肯。

正当陆游信心满满，准备大干一场的时候，朝廷却一纸调令，诏王炎回京。

幕府一解散，陆游又成了无业游民，抗敌大计瞬间化为泡影。

此后数年，他一直滞留四川，在成都、蜀州、嘉州各地辗转。虞允文、郑闻、范成大等几任宣抚使，都极为厚待陆游，先后让其担任通判、参议并代理州事。

但长官们欣赏的，仅仅是陆游的诗文，对于他的北伐热情和军事才能，始终置若罔闻，这让陆游心急如焚：

雪晓清笳乱起。梦游处、不知何地。铁骑无声望似水。想关河，雁门西，青海际。

睡觉寒灯里。漏声断、月斜窗纸。自许封侯在万里。有谁知，鬓虽残，心未死。

——《夜游宫·记梦寄师伯浑》

华鬓星星，惊壮志成虚，此身如寄。萧条病骥。向暗里、消尽当年豪气。梦断故国山川，隔重重烟水。身万里，旧社凋零，青门俊游谁记？

尽道锦里繁华，叹官闲昼永，柴荆添睡。清愁自醉。念此际、付与何人心事。纵有楚柁吴樯，知何时东逝？空怅望，鲙美菰香，秋风又起。

——《双头莲·呈范至能待制》

眼见文臣武将都沉溺于舞榭歌台，中原恢复无望，陆游也开始流连于花街柳巷。

早就看不惯陆游的投降派，迅速抓住这个把柄，以“不拘礼法，恃酒颓放”的罪名，将陆游削职为民。

陆游也很有个性，刚刚被免，就更新了社交平台：大家好，这是我的新网名“@放翁”。

并附上七律一首，正告投降派，我就是再“颓放”，也比你们高尚：

病骨支离纱帽宽，孤臣万里客江干。

位卑未敢忘忧国，事定犹须待阖棺。

天地神灵扶庙社，京华父老望和銮。

出师一表通今古，夜半挑灯更细看。

——《病起书怀》

## 丨三丨

1178年，五十三岁的陆游，已经在杜甫曾经生活过的浣花溪旁做了三年的平头百姓。正打算“终焉于斯”，了此残生，却突然接到了朝廷的诏令。

孝宗皇帝大发善心，“念其久外，趣召东下”，将陆游召回内地，并让他担任江西常平提举，负责管理农田水利和常平仓救济。

刚刚蒙受皇恩的陆游，依然不改老套路。

这一年江西发生水灾，百姓流离失所，缺衣少食，陆游便开仓放粮，救济难民，此举却遭到谏官弹劾，终因“所为多越于规矩”被免。

年近花甲的陆游再一次回到故乡山阴，开始了漫长的村居生活，留下了不少田园佳作：

小园烟草接邻家，桑柘阴阴一径斜。

卧读陶诗未终卷，又乘微雨去锄瓜。

村南村北鹁鸪声，刺水新秧漫漫平。

行遍天涯千万里，却从邻父学春耕。

——《小园》二首

但舒适闲暇的隐退生活，依然磨灭不了内心的那团热火，1186年，已经闲居六年的陆游，写下了被后世评为“置之老杜集中，直无愧色”的七律名篇：

早岁那知世事艰，中原北望气如山。

楼船夜雪瓜洲渡，铁马秋风大散关。

塞上长城空自许，镜中衰鬓已先斑。

出师一表真名世，千载谁堪伯仲间。

——《书愤》

这一年，陆游六十二岁，宋孝宗又间歇性地想念起他来，让其担任严州知州。

路经临安，陆游特意去拜见孝宗。

孝宗还是老规矩，一见面就叮嘱：“严州是个好地方啊，八小时之外，爱卿可以写写诗，唱唱歌，自得其乐啊！”

上谕曰：“严陵山水胜处，职事之暇，可以赋咏自适。”

——元·脱脱《宋史》

几十年了，皇帝老儿还是没找到打开陆游的正确方式。老陆同志也只能无语，叩头谢恩后，便匆匆赴职。

当然，作为一个著名诗人，他工作再忙，日程再紧，也不会忘了更文，且一出手就是精品。

世味年来薄似纱，谁令骑马客京华。

小楼一夜听春雨，深巷明朝卖杏花。

矮纸斜行闲作草，晴窗细乳戏分茶。

素衣莫起风尘叹，犹及清明可到家。

——《临安春雨初霁》

严州任期结束，奉诏回京的陆游相继担任军器少监和礼部郎中兼实录院检讨官，闲暇之余，陆大人念念不忘的，还是祖国尚未统一，同志仍需努力。

这让投降派很不自在。

于是，他们故伎重施，又翻出了陈年旧事，弹劾陆游“嘲咏风月”，“所至皆有污秽之迹”。新即位的宋光宗，便一纸诏书，将陆游赶出了首都。

和之前自号“放翁”一样，这一次，陆游回到山阴后，马上将自己居住的小茅屋，命名为“风月轩”，顺便赋诗一首，聊以自嘲：

扁舟又向镜中行，小草清诗取次成。

放逐尚非余子比，清风明月入台评。

绿蔬丹果荐瓢尊，身寄城南禹会村。

连坐频年到风月，固应无客叩吾门。

——《予十年间两坐斥罪虽擢发莫数而诗为首谓之嘲》

年迈的陆游，心中虽有不平，却老骥伏枥，志在千里：

雪重从压竹，竹折有奇声。雪深亦莫扫，小窗终夜明。我老尚耐冷，开卷对短檠。龙茶与羔酒，得失不足评。但思被重铠，夜入蔡州城。

君勿轻臞儒，有志事竟成。

——《雪夜作》

只可惜，软弱的朝廷，偷安的庸臣，让陆游无比悲愤：

僵卧孤村不自哀，尚思为国戍轮台。

夜阑卧听风吹雨，铁马冰河入梦来。

——《十一月四日风雨大作》

当年万里觅封侯，匹马戍梁州。关河梦断何处？尘暗旧貂裘。

胡未灭，鬓先秋，泪空流。此生谁料，心在天山，身老沧洲。

——《诉衷情（当年万里觅封侯）》

1202年，七十八岁的陆游，赋闲十三年后，再次应诏进京，主持编修孝宗、光宗《两朝实录》和《三朝史》。

次年，国史编撰完成，升任宝章阁待制，同年致仕。

退休后的陆游，回到了故乡山阴。人生中的最后时光，陆游依然豪情万丈：

中原蝗旱胡运衰，王师北伐方传诏。

一闻战鼓意气生，犹能为国平燕赵。

——《老马行》

遗憾的是，南宋仅有的几个主战大将，却在战略战术上，产生了重大分歧，导致北伐彻底失败。

陆游终究没有等到那一天。

1209年除夕，八十五岁的陆游与世长辞。临终前，他唯一惦记的，还是那毕生都未实现的夙愿：

死去元知万事空，但悲不见九州同。

王师北定中原日，家祭无忘告乃翁。

——《示儿》

## | 四 |

生在南宋，对祖国爱得深沉的陆游，有太多的不得已和不如意，撇开建功立业不谈，他的生命中，还有一个人不得不提，那就是原配妻子——唐琬。

十九岁时，陆游娶了表妹唐琬为妻。

唐琬本是官宦之女，多才多艺，尤擅音律。嫁入陆府后，整日与陆游采菊东篱，泛舟沈园，诗文唱和，填词作乐，过上了神仙般的生活。

考虑到陆游本就落榜两次，再这么下去，可能会一辈子无缘科举，强势的陆母多次以死相逼，硬是让陆游休掉了结发之妻。

十年后，刚刚经历科举黑幕的陆游，正独自一人在沈园唉声叹气，一转身，却偶遇前妻。

此时的唐琬，已嫁给了同乡的赵士程。

人成各，今非昨，两人感慨万千，却只能相顾无言。

出于礼貌，唐琬还是让下人送了陆游一坛美酒。

伤感不已的陆游，几杯冷酒下肚，已有三分醉意，便在沈园题壁：

红酥手，黄滕酒，满城春色宫墙柳。东风恶，欢情薄，一怀愁绪，几年离索。错，错，错！

春如旧，人空瘦，泪痕红浥鲛绡透。桃花落，闲池阁，山盟虽在，锦书难托。莫，莫，莫！

——《钗头凤（红酥手）》

唐琬读后，泪流满面，随即应和一首，题在陆游词后：

世情薄，人情恶，雨送黄昏花易落。晓风干，泪痕残，欲笺心事，独语斜阑。难，难，难！

人成各，今非昨，病魂常似秋千索。角声寒，夜阑珊，怕人寻问，咽泪装欢。瞒，瞒，瞒！

——《钗头凤（世情薄）》

此后不久，唐琬便一病不起，竟郁郁而终。

而陆游唯一能做的就是，一边相思，一边写诗。

在严州任上，陆游看见农家女采菊缝枕囊，便回忆起年少时与唐琬共吟《菊枕诗》，不免睹物思人，情难自禁：

采得黄花作枕囊，曲屏深幌闷幽香。

唤回四十三年梦，灯暗无人说断肠！

少日曾题菊枕诗，蠹编残稿锁蛛丝。

人间万事消磨尽，只有清香似旧时！

——《余年二十时，尝作菊枕诗，颇传于人。今秋偶复采菊缝枕囊，凄然有感》

1192年，年近七旬的陆游，路经沈园，发现时隔多年，园已易主，又是一阵唏嘘：

枫叶初丹槲叶黄，河阳愁鬓怯新霜。

林亭感旧空回首，泉路凭谁说断肠。

坏壁醉题尘漠漠，断云幽梦事茫茫。

年来妄念消除尽，回向蒲龛一炷香。

——《禹迹寺南有沈氏小园，40年前，尝题小阕壁间，偶复一到，而园已易主，刻小阕于石，读之怅然》

1199年，七十五岁的陆游，在孙儿的陪同下，再次泛舟沈园，又写下了两首悼亡诗：

城上斜阳画角哀，沈园非复旧池台，

伤心桥下春波绿，曾是惊鸿照影来。

梦断香消四十年，沈园柳老不吹绵。

此身行作稽山土，犹吊遗踪一泫然。

——《沈园》

八十岁，八十二岁，八十四岁，陆游的诗歌里，还是会出现沈园和唐琬。时间，会消磨一切，也会验证一切：

沈家园里花如锦，半是当年识放翁。

也信美人终作土，不堪幽梦太匆匆。

——《春游》

## | 五 |

陆游是南宋杰出的文学家，诗词散文，无所不精。

自言“六十年间万首诗”，与尤袤、杨万里、范成大并称“中兴四大诗人”，并以九千余首的高产数量，雄踞两宋诗坛榜首。

诗界千年靡靡风，兵魂销尽国魂空。集中十九从军乐，亘古男儿一放翁。

——梁启超

他的词与辛稼轩齐名，题材广泛，风格多样，有侠骨，也有柔肠。或“飘逸高妙”，或“激昂慷慨”，“纤丽处似少游，雄慨处似东坡”。

他的文兼善众体，博古通今，“模写事情俱透脱，品题花鸟亦清奇”，“笔力回斡甚善，非他人可及”。

陆游生逢乱世，素有“上马击狂胡，下马草军书”之志，喜言恢复，力主抗金，虽因投降派当道，屡遭罢黜，却坚贞不屈，矢志不渝，就如同他酷爱的梅花，任由凄风苦雨，自有一身傲骨：

驿外断桥边，寂寞开无主。已是黄昏独自愁，更著风和雨。

无意苦争春，一任群芳妒。零落成泥碾作尘，只有香如故。

——《卜算子·咏梅》

# 杨万里

当官的第一天，就备好了回家的盘缠

## | 一 |

南宋绍兴二十四年，京城临安。

城墙下人头攒动，比肩接踵。

今日大考放榜，场面相当疯狂。

有人惊呼，有人击掌，有人摇头，有人叹息，还有人捶胸顿足，呼天抢地。

不到一炷香的工夫，已有数人被抬走。

有的是因为当场晕倒，送去就医。

有的则是被一众家丁抢回府中，安排小姐相亲。

别觉得奇怪，自古以来，皇榜都是官二代和富二代最佳的择偶平台，尤其是名列榜首的状元郎，更是一些大家闺秀蜂拥争抢的对象。

继续聊皇榜。

话说这一年的榜单，绝对是全明星阵容：

有本就家世显赫的秦桧之孙秦埙，有后来官至宰辅的范成大、大败完颜亮的虞允文，还有主盟文坛数十年的著名词人张孝祥，以及本文的主角杨万里。

另外，若不是秦桧从中作祟，“六十年间万首诗”的陆游，应该也能跻身其中。

这豪华程度，在整个科举史上，可以说是屈指可数了。

## | 二 |

公元 1127 年，杨万里出生于吉州吉水（今属江西）。

父亲杨芾，以“孝”闻名。

《宋史》记载，杨芾每次外出归来，都会买上酒肉，孝敬双亲。至于妻儿，则只能闻闻肉香，连汤都喝不上。

绍兴五年，吉州大旱，百姓颗粒无收。为了能让父母果腹，杨芾徒步百余里，寻到几斤大米，返乡途中，却遭遇劫匪。

被打得鼻青脸肿后，杨芾仍依然不肯松手。

劫匪大怒：“再这样我拔刀了啊！”

杨芾痛哭流涕：“我多日粒米未进，这点粮食，全是留给父母的。”

劫匪听后，竟大为感动，不仅放了杨芾，还送上两个大饼，略表敬意。

史书没有记载，杨芾回家后，这些食物有没有让妻儿尝上一口。

按照惯例推测，杨万里和母亲，应该只有眼馋的份儿。

如此看来，杨芾不是一个好父亲。但这样的评价却有失公允。

至少，在读书这个问题上，他为孩子立了一个极佳的榜样。

杨芾自幼勤奋刻苦，即便寒冬时节，双手龟裂，仍然借书抄写，埋头苦学，无奈时运不济，直到中年仍是布衣之身。

虽未求得功名，却录有诗书万卷，这对于杨万里来说，是一笔可贵的财产。

正是在父亲的耳濡目染之下，小小年纪的杨万里，便能出口成章，下笔千言，学识和才华妥妥地甩了同龄人好几条街。

1154年，杨万里进京赶考，果然进士及第。

金榜题名后，杨万里被授职赣州司户参军，四年后，调任永州零陵，当上了县丞。

当时，崇信军节度使张浚，因受秦桧排挤，正谪居零陵。

这里再说明一下，此张浚非彼张俊，前者是南宋著名将领，毕生都在抗金，后者则是秦桧的亲信，万世背有骂名。

建炎年间，苗傅、刘正彦联手发动兵变，张浚驻守秀州。

这天夜里，左右退下后，张浚正准备熄灯睡觉，突然发现一个黑衣人，手持白刃，立在烛台边。

按照影视剧的情节，此刻的张大人，应该大喊一声："来人呐，有刺客。"

张浚没有这么做，反而面色如常，镇定自若："看这架势，你应该是苗傅、刘正彦派来的杀手？"

黑衣人点头："不错！"

张浚整了整衣领和袖口，平静地说道："动手吧。"

黑衣人却躬身作揖："我也是读书之人，怎会为贼人所用。况且大人忠义如此，岂能忍心加害！"

张浚一愣："那你来干吗？"

黑衣人满脸正色："我是担心大人戒备不严，恐有他人行刺，特意前来提醒。"

张浚似乎明白了过来："那你是图财了？"

黑衣人朗声一笑："杀了你何患无财？"

张浚极为感动："那你留下来吧！"

黑衣人再次躬身："请恕草民尚有老母在世，不能侍奉先生左右。"

说完，便推开窗户，一跃而出，瞬间就没了影踪。

张浚在民间的声望，由此可见一斑。

杨万里刚到零陵，想去张府拜码头。但心灰意冷的张浚，谢绝了所有人。连续吃了三次闭门羹，杨万里才得以进门。

一番促膝长谈后，张浚十分赏识这个年轻人："元符年间，达官贵人众多，但大多尸位素餐，只有邹浩和陈瓘的名字，可与日月争辉。"

邹浩和陈瓘都是哲宗时期的大臣，历来铁骨铮铮，敢怒敢言。章惇为相时，大权独揽，唯独对这两个人有所忌惮。

张浚同时勉励杨万里，不管是为官还是为学，都必须"正心诚意"。

杨万里深以为然，辞别了张浚，他便回到住处，将书房改名为"诚斋"，后来索性以此为号，终身不忘张浚的教导。

在零陵，杨万里政务之余，自然少不了填词谱曲，吟诗作赋：

月未到诚斋，先到万花川谷。不是诚斋无月，隔一庭修竹。

如今才是十三夜，月色已如玉。未是秋光奇艳，看十五十六。

除了《好事近（月未到诚斋）》这样的小令，著名的《闲居初夏午睡起二绝句》，也是作于此时：

其一

梅子留酸软齿牙，芭蕉分绿与窗纱。

日长睡起无情思，闲看儿童捉柳花。

其二

松阴一架半弓苔，偶欲看书又懒开。

戏掬清泉洒蕉叶，儿童误认雨声来。

寥寥数笔，闲适与豁达、童真和情趣都跃然纸上。张浚读后，不禁连声叫好，称赞杨万里“胸襟透脱矣。”

宋孝宗即位后，张浚被再次启用，先为枢密使，后为右丞相。

在张浚的举荐下，杨万里调任临安府教授，还没等到上任，却逢父亲病故，只得回到吉水服丧。

守孝期满，杨万里刚回到临安，就写下一篇《千虑策》，呈上朝廷。

顾名思义，这封奏折，就是专门给政府挑刺的。

据说枢密使虞允文看到后，大为叹服，称：“东南竟有此人物！”立刻推荐杨万里为奉新知县。

到了奉新，杨万里发现，百姓纳税意识极差，导致府库空虚，财力匮乏，衙役们常年都领不到俸禄，无以养家。

县丞、县尉纷纷提醒新来的知县，赶快加大征收力度，确保税款足额入库。

杨万里却一反常态，做出一个惊人之举：严禁公差下乡收税，同时将欠税百姓的名单，张贴于闹市，要求限期纳税，否则严惩不贷。

这种先礼后兵的做法，深得民心。不出一个月，欠税便补缴了十之六七。

不扰民而税赋足，这在当时的南宋，引起了不小的轰动。半年后，因宰相虞允文的力荐，杨万里又回到京城，担任国子监博士。

1171 年，张浚之子、起居郎张栻，在被孝宗召对时多次论及唐朝名相张说，这让同为宰相的虞允文，心里很是不爽。

于是，虞相爷便找了个理由，将张栻贬往袁州。

张浚和虞允文，是杨万里的仕途中影响最大的两个贵人。张浚已逝，虞允文风头日盛。

正常情况下，杨万里都不会去得罪虞允文。

但这一次，他却挺身而出，专门致信虞允文，替张栻鸣不平。

虽然没有改变结局，但杨万里的一身正气，还是赢得了朝廷上下的一致好评，很快，他便被提拔为太常丞兼吏部侍右郎官。

也就是从这个时候开始，杨万里的仕途开启了直升机模式。

先是出任漳州、常州太守，后又提举广东常平茶盐公事。

在广东任上，他与安抚使巩湘一起，用了不到一个月的时间，就平定了潮州叛乱。

孝宗皇帝极为满意，称杨万里有“仁者之勇”，再次寄予厚望，将其召回京师，先后授职尚书右郎、吏部员外郎和吏部郎中。

短短几年，杨万里连晋数职，风光无限。

至此，他上升的步伐，仍未停止。

太子身边，缺少一个德才兼备的讲师。孝宗皇帝首先想到的，就是杨万里。

于是，他又改为东宫侍读。

上任当天，太子赵惇携全体属官，夹道欢迎，整个东宫都为之沸腾。

杨万里没有让孝宗失望，他以过硬的才华和良好的品行，赢得了太子充分信任。

为表敬意，赵惇还亲手题写“诚斋”二字，赠给了杨万里。

一时间，杨万里名动京师，府宅之外，每天都是人来人往，车水马龙，前来拜师求学者，络绎不绝。

就连当朝宰相王淮，都亲自登门，咨询家国大事。

王淮问他：“请告诉我，当好宰相的第一要务是什么？”

杨万里不假思索：“人才，人才，还是人才！”

王淮追问：“那谁是人才？”

杨万里拿出一本册子，上面写有朱熹、袁枢等六十人的姓名，并标有各人的履历、性格、才华和德行，以及适合担任的岗位，这便是著名的《淳熙荐士录》。

王淮拿到名单后，按照杨万里的推荐，逐一安排。

杨万里本人，也再次获得擢升，历任尚书省右司郎中、左司郎中和秘书少监。

职位一路走高，心情自然大好，写出来的诗句，都是“气象万千，吞吐万里”：

其一

出得西湖月尚残，荷花荡里柳行间。

红香世界清凉国，行了南山却北山。

其二

毕竟西湖六月中，风光不与四时同。

接天莲叶无穷碧，映日荷花别样红。

——《晓出净慈寺送林子方二首》

## | 三 |

官居要职，杨万里的忧国忧民之心，也愈加强烈。

1187年，夏季大旱，孝宗召见杨万里，寻求应对之策。

杨万里坦言：“旱灾已有两月，到今天才研究此事，不觉得迟了吗？讨论的范围，仅限于近侍之臣与馆职之人，不觉得狭隘吗？”

弄得皇帝老儿措手不及，尴尬不已。

同年冬天，太上皇赵构病逝。

孝宗准备守孝三年，设立议事堂，让太子赵惇临朝代政。

杨万里认为此举不妥，迅速上书朝廷，据理力谏，同时致信太子：“天无二日，民无二王。父子同时主政，国将大乱。愿殿下三思！”

太子一听，吓得不轻，连忙婉拒了父皇的邀请。

赵构尚未安葬，翰林学士洪迈便奏请圣上，提议将前宰相吕颐浩等人，与高宗一起配享太庙。

吕颐浩虽然功勋显赫，却刚愎自用，心胸狭隘，且“为利所移，非宰相才也”。

杨万里坚决反对，指责洪迈所为，无异于“指鹿为马”。

这话说得，就有点过了。

孝宗果然大怒：“洪迈若是赵高，那朕就是秦二世了！”

天子很生气，后果很严重，几日后，杨万里被赶出京城，贬为筠州太守。

一年后，太子赵惇即位，是为宋光宗。

杨万里随即应诏回京，担任秘书监。

外放归来的杨万里，伤疤未愈却忘了疼，一个月内，竟连上三道奏折，提醒新皇要勤政、节俭、果断、亲君子、奖直言。

好在光宗是他的学生，杨万里提出的建议，不讲条件，悉为施行。

但好景不长，1194年，太皇太后吴氏的外甥韩侂胄［tuō zhòu］，与皇室宗亲赵汝愚联手，密谋发动政变，逼迫光宗退位，扶持太子赵扩登基，史称宋宁宗。

宁宗继位后，韩侂胄等人自是权倾朝野，只手遮天。

身为光宗旧臣，杨万里对韩侂胄之流，当然痛恨之极。

韩侂胄的私家园林落成，邀请杨万里作记，并告诉他，文章写好后，立马可进中书省。

杨万里断然拒绝："官可以不做，文章绝不会写。"

韩侂胄心生怨恨，立刻进宫面圣，建议宁宗将杨万里外放出京。

杨万里索性辞去官职，领了一份闲差，回到家乡吉水，从此幽居十余年：

老夫归去，有三径、足可长拖衫袖。一道官衔清彻骨，别有监临主守。主守清风，监临明月，兼管栽花柳。登山临水，作诗三首两首。

休说白日升天，莫夸金印，斗大悬双肘。且说庐传盛事，三个闲人眉寿。拣罢军员，归农押录，致政诚斋叟。只愁醉杀，螺江门外私酒。

——《念奴娇（老夫归去）》

晚年的杨万里生活极为简单，"老屋一间，仅庇风雨，长发赤脚，三四书童"：

名高身又贵，自住小村深。

清得门如水，贫惟带有金。

——徐玑《见杨诚斋》

他蛰居乡野，韩侂胄的势力却如日中天。

期间，宁宗曾下过多道诏书，要求杨万里回京，他都以年迈体衰为由，拒不赴任。

朱熹还专门写信，规劝杨万里应"乐以天下，忧以天下"：

更不能以乐天知命之乐，而忘与人同忧之忧，毋过于优游，毋决于遁思，则区区者，犹有望于斯世也。

倔强的杨万里，却连写两首小诗，回应朱熹：

其一

江风索我吟，山月唤我饮。

醉倒落花前，天地为衾枕。

其二

青白不形眼底，雌黄不出口中。

只有一罪不赦，唐突明月清风。

人事、世事、天下事，老夫不听、不看、不说，只管吟诗饮酒，伴月赏花，你能奈我何？

新春早。春前十日春归了。春归了。落梅如雪，野桃红小。老夫不管春催老。只图烂醉花前倒。花前倒。儿扶归去，醒来窗晓。

——《忆秦娥（新春早）》

但说归说，杨万里的心里，仍然牵挂着朝廷的政局和前线的战况。

1206年，一意孤行、众叛亲离的韩侂胄，硬是将“宋师北伐”，指挥成了“金兵南侵”，外敌没有赶走不说，又葬送了大宋诸多国土。

闻此噩耗，杨万里悲愤至极，当即写下“韩侂胄奸臣，专权无上，动兵残民，谋危社稷，吾头颅如许，报国无路，惟有孤愤！”

又写下遗书一封，留与妻子，交代后事，便撒手西去，享年八十岁。

## 四

杨万里与陆游、范成大、尤袤并称“中兴四大诗人”，他的早期作品，受“江西诗派”影响较深，雕字琢句，强调“无一字无来处”，但他师法古人，却不拘泥于古人，后期文风转为轻松活泼、浅显自然，形成了独具特色的“诚斋体”：

泉眼无声惜细流，树阴照水爱晴柔。

小荷才露尖尖角，早有蜻蜓立上头。

——《小池》

其一

春光都在柳梢头，拣折长条插酒楼。

便作在家寒食看，村歌社舞更风流。

其二

篱落疏疏一径深，树头花落未成阴。

儿童急走追黄蝶，飞入菜花无处寻。

——《宿新市徐公店二首》

到了晚年，他甚至写出了这样的句子：

老夫渴急月更急，酒落杯中月先入。领取青天并入来，和月和天都蘸湿。天既爱酒自古传，月不解饮真浪言。举杯将月一口吞，举头见月犹在天。老夫大笑问客道，月是一团还两团？酒入诗肠风火发，月入诗肠冰雪发。一杯未尽诗已成，诵诗向天天亦惊。焉知万古一骸骨，酌酒更吞一团月。

并笑称：“老夫此作，自谓彷佛李太白。”

和陆游一样，杨万里也是一位爱国诗人，多次冒死谏言，痛陈求和之弊、屈膝之辱、失土之恨，提醒皇帝：“节财用、薄赋敛、结民心，民富而后邦宁，兴国之计，就在于此。”

他为人刚正，论事切直，不仅效仿邹浩、陈瓘等先贤，铁骨铮铮，敢怒敢言，且视富贵如浮云，从不为功名所累。

到京城任职的第一天，杨万里就备好了回家的盘缠，锁置箱中，藏于卧室，并告诫家人，不得购买大件物品，以免增加归途的负担，随时随地，准备弃官走人。

正因如此，后世的解缙，才给了他这般好评：

文章足以盖一世，清节足以励万世。

# 张孝祥

我 就 是 要 上 天 ， 和 苏 轼 肩 并 肩

## | 一 |

南宋绍兴年间，抚州发生兵变，军队围攻州府，准备抢劫金库。

这可不是简单的治安事件，衙门发个通报，就能草草了事，稍有不慎，都会殃及朝廷，必须尽快平定。

只是全副武装的士兵，杀气腾腾，喊声震天，吓得一众官吏，全都躲进了屋里。

唯有太守张孝祥，孤身一人赶往现场处置。

只见他身跨战马，手执长枪，立于金库门前，高声呵斥："尔等作乱，请先杀本太守！"

士兵纷纷躬身，齐声回应："属下不敢造次，皆因军饷匮乏，无以果腹，更无以养家。"

张孝祥当即表态："法无可恕，情有可原，听令者可以免死。"同时拿出随身钱物，分发给士卒。

领头的一个都尉却突然发难："只要闯入金库，自有黄金万两……"

话音未落，张孝祥的长枪，便刺进他的胸膛，都尉当场身亡。

“带头作乱者，杀无赦。”张孝祥收起长枪，满脸正色，一字一顿，掷地有声。

在场官兵，全都俯首听命，一场暴乱就此平定。

张孝祥的英勇之名迅速传至京城，上至参政宰辅，下至贩夫走卒，都知道抚州有个智勇双全的太守。

连高宗皇帝都大为惊喜，称这个三十岁的年轻人：“必将闻名于世！”

后来的事实证明，高宗确有识人之明。

| 二 |

1132年，张孝祥出生于明州鄞[ yín ]县（宁波鄞州），年纪轻轻，便颇有才名，读书一目十行，下笔顷刻千言，十六岁时，就在府试中一举夺魁。

当代及后世之人，都对他高看三分，“天资敏妙”，“文章俊逸”，“世之俊杰”，“笔走龙蛇，词倾河汉，妙年德艺双成”……

各种好评，羡煞旁人。

身在南宋，和大部分同龄人一样，少年张孝祥也常常出入楼馆，流连风月，昼听笙歌，夜舞罗裳：

日日青楼醉梦中。不知楼外已春浓。杏花未遇疏疏雨，杨柳初摇短短风。扶画鹢，跃花骢。涌金门外小桥东。行行又入笙歌里，人在珠帘第几重。

——《鹧鸪天·春情》

琢成红玉纤纤指。十三弦上调新水。一弄入云声。月明天更青。匆匆莺语啭。待寓昭君怨。寄语莫重弹。有人愁倚栏。

——《菩萨蛮（琢成红玉纤纤指）》

甚至，还与歌妓舞女，有过几段恋曲：

风生杜若洲，日暮垂杨浦。行到田田乱叶边，不见凌波女。独自倚危栏，欲向荷花语。无奈荷花不应人，背立啼红雨。

——《卜算子（风生杜若洲）》

日暖帘帏春昼长。纤纤玉指动抨床。低头佯不顾檀郎。豆蔻枝头双蛱蝶，芙蓉花下两鸳鸯。壁间闻得唾茸香。

——《浣溪沙（日暖帘帏春昼长）》

弱冠之年，他和李氏相爱，同居后育有一子，但这段感情却不被张家接受，两人只得忍痛分离：

风帆更起，望一天秋色，离愁无数。明日重阳尊酒里，谁与黄花为主。别岸风烟，孤舟灯火，今夕知何处。不如江月，照伊清夜同去。

船过采石江边，望夫山下，酌水应怀古。德耀归来，虽富贵，忍弃平生荆布。默想音容，遥怜儿女，独立衡皋暮。桐乡君子，念予憔悴如许。

——《念奴娇（风帆更起）》

从此，他便深居简出，埋头苦读，将全部身心都放在了考取功名上。

1154年，二十三岁的张孝祥，赴京应试。

与他一同赶考的，还有杨万里、范成大、虞允文和秦埙。

前三位考生，当时还籍籍无名，张孝祥的心里，应该没有太大压力。

但这个秦埙，全宋人都知道，他是秦桧之孙。

张孝祥即便学富五车，才高八斗，也不敢轻视这个相门之后。

果然，殿试结束，考官定下的初步意见，便是秦埙第一，张孝祥第二。

高宗复审时，发现秦埙的对策之句，全是秦桧说过的话语，便钦点张孝祥为新科状元，将秦埙列为第三，还特意召来秦相爷，当面点评一番："张孝祥的诗词、书法，都冠绝天下。"

秦桧满脸堆笑，心里却万马奔腾，盼着有朝一日能将张孝祥剥皮抽筋。

榜单公布后，临安知府曹泳，有意将独生女儿许配给张孝祥。

曹泳位高权重，又是秦桧亲信，能成为他的爱婿，日后必会青云直上，前途无量。

稍微有点"上进心"的年轻人，都会满口答应。

不料，张孝祥却当场回绝，气得曹大人浑身发抖，差点就是一口老血。

就这样，刚刚科举及第，尚未授予官职，耿直青年张孝祥，就以迅雷不及掩耳之势，得罪了朝廷两大要员，亲朋好友都替他捏了一把汗。

但他的“出格”之举，仍在继续。

当时，岳飞冤死狱中已有多年。南宋的文臣武将，为保自身周全，从来不敢多言。

年轻气盛的张孝祥却初生牛犊不怕虎，不仅上疏直言，替岳飞鸣冤：

岳飞忠勇天下闻，一朝被谤，不旬日而亡。则敌国庆幸，而将士解体，非国家之福也。

还要求朝廷恢复岳飞爵位：

厚恤其家，表其忠义，播告中外。

这动静，可就大了。

当初赐死岳飞，那是高宗下的旨。为岳飞洗白，就是给天子抹黑。

见张孝祥如此莽撞，秦桧的心里，反倒有几分欣喜。

他知道，替秦埙出气的时候到了，马上喊来曹泳，密谋良久，决定安排谏官，弹劾张孝祥的父亲张祁暗中勾结金人，对朝廷存有二心。

张祁因此下狱，张孝祥也迟迟未能任职。

果然很南宋，“莫须有”的罪名，处处行得通。

好在第二年，秦桧便一命呜呼，在参知政事魏良臣的帮助下，张祁无罪释放，张孝祥也被任命为秘书省正字。

第一次接受召对，张孝祥便向高宗提议，皇帝应总揽朝纲，不能过分依托宰相，否则就会言路闭塞，政令不畅。

特别是《时政记》之类记录军国要事的文集，天子务必亲自审阅，不能任由宰相一人专记于己有利的篇章。

赵构深以为然，很快就提拔张孝祥为校书郎。

高宗没有生育能力，虽然收有养子，却一直未立皇储，且对东宫之事讳莫如深，朝中百官，从来不敢谈论。

早年，宋钦宗被俘，金人准备让他的儿子在汴梁继位，扶持为中原的傀儡。

岳飞得知后，匆忙赶往商丘，面见已经登基的赵构，建议尽快确立皇子名分，以免金人阴谋得逞。

本是一番好意，却戳到高宗的痛处。

赵构勃然大怒："岳将军，你管得也太宽了吧！"

卿虽忠，然握重兵於外，此事非所当预。

——宋·熊克《中兴小纪》

岳飞满脸尴尬，匆忙告退。

赵构仍然怒气难消，对身旁的薛弼说："岳飞身为武将，竟如此越职言事，简直自寻死路。"

飞为大将，而越职及此，取死宜哉！

——宋·熊克《中兴小纪》

此后，宫廷内外，再无一人敢议立储之事。

转眼到了1155年，太庙仁宗、英宗祭室的柱子上，连续长出了两季灵芝。

这可是祥瑞之兆。

各地官员，纷纷写文作诗，歌咏盛世，内容却千篇一律，毫无新意。

唯独张孝祥献上一篇《原芝》，在歌功颂德的同时，还促成了一件大事：

我圣天子躬济大业，既平既治，上怡下嬉。

惟大本未立，社稷宗庙之灵，亦靡克宁飨，有烨兹芝，胡为乎来？

芝在仁宗、英宗之室，天意可见，乞早定大计。

皇帝呕心沥血，励精图治，国家安定，百姓和乐，实在圣明之至。

只是东宫未定，先帝在天之灵，始终无法安心。

灵芝长在仁宗、英宗之室，是上天在提醒君王，应早日立下太子。

这里的“仁宗、英宗”，必须圈起来作为重点。

仁宗的几个儿子，都过早夭亡，也是立养子为东宫，这才有了后来的英宗。

高宗的境况，和仁宗十分相像。既是先帝显灵，那就顺天意而为吧。

很快，高宗便确立了太子。

就这样，宰辅之臣不敢办、也办不了的事，张孝祥仅凭只言片语，就轻松搞定。

当然，他也因此获得擢升，先后担任礼部员外郎、起居舍人、中书舍人，一跃成为天子近臣。

## | 三 |

人红是非多，张孝祥的快速晋升，许多人都嫉恨万分。

秘书省的老同事汪澈升为监察御史后，第一个弹劾的对象就是张孝祥。

在奏折中，他称张孝祥盛气凌人、目无尊长，党同伐异、诬陷忠良，奸邪程度，不在著名奸臣卢杞之下。

“莫须有”的弹劾再次奏效，张孝祥被免官。

1161 年，闲居两年的张孝祥被任命为抚州太守。

同年，虞允文在采石矶大败敌军，完颜亮被保守派刺杀，金朝派人到临安，主动向宋朝求和。

听闻这一消息，张孝祥激动不已，只恨身在中原，不能亲临前线，便让抚州将士，登上城楼吹角击鼓，为胜利欢呼：

雪洗虏尘静，风约楚云留。何人为写悲壮，吹角古城楼？湖海平生豪气，关塞如今风景，剪烛看吴钩。剩喜然犀处，骇浪与天浮。

忆当年，周与谢，富春秋。小乔初嫁，香囊未解，勋业故优游。赤壁矶头落照，肥水桥边衰草，渺渺唤人愁。我欲乘风去，击楫誓中流。

——《水调歌头·闻采石矶战胜》

这首词里，“小乔初嫁，香囊未解”的“周与谢”，指的是能征善战的周瑜和谢玄。

很明显，张孝祥驰骋疆场、建功立业的决心，异常坚定。

一年后，宋高宗赵构，以“老且病，久欲闲退 ”为由，将大位传给了赵昚 [shèn]。

登基不久的孝宗，令主战派大将张浚，率领数十万大军，渡淮北伐，却在符离遭遇金兵痛击，大败而归。

南宋朝廷，只得又向金人议和。

张浚召集一众抗金义士，聚于建康（南京），准备上书朝廷，请求再度出兵。

时任建康留守的张孝祥，难掩心头悲愤和胸间豪情，即席挥毫，写下名作《六州歌头（长淮望断）》：

长淮望断，关塞莽然平。征尘暗，霜风劲，悄边声。黯销凝。追想当年事，殆天数，非人力，洙泗上，弦歌地，亦膻腥。隔水毡乡，落日牛羊下，区脱纵横。看名王宵猎，骑火一川明。笳鼓悲鸣。遣人惊。

念腰间箭，匣中剑，空埃蠹，竟何成。时易失，心徒壮，岁将零。渺神京。干羽方怀远，静烽燧，且休兵。冠盖使，纷驰骛，若为情。闻道中原遗老，常南望、羽葆霓旌。使行人到此，忠愤气填膺。有泪如倾。

张浚读后，大为震撼，竟痛哭流涕，掩面而退。

在场之人，也全都黯然不语，纷纷离席。

1164 年，在时任右相张浚的力荐下，张孝祥回到京城，担任中书舍人。

这样一来，他的老领导、左相汤思退就很不乐意，认为张孝祥背叛了自己。

孝宗时期的左右相，面对外敌，一个求和，一个主战，经常在大殿之上吵得天昏地暗，诸多老臣都敢怒不敢言。

张孝祥却上书孝宗，坦言："左右二相，应同心协力，辅佐圣上完成大业。靖康以来的和、战之争，贻害无穷，内不定，则外不安！"

说也奇怪，这番言论，竟得到了孝宗首肯，张孝祥再次获得擢升。

汤思退当然不会善罢甘休，几个月后，他指使谏官，找了个理由，弹劾张孝祥。

在南宋，真是“百弹百中”，张孝祥又一次被免职，先后外放于广西、湖南、湖北等地。

张浚去世后，朝中主战之声日渐微弱。

孝宗的对外政策，也由激进改为求稳，“暖风熏得游人醉，直把杭州作汴州”，偏安的南宋，又是一片歌舞升平。

张孝祥对此失望透顶，隐退之意陡然萌生，多次上书请辞，均未获准：

碧云风月无多。莫被名缰利锁。白玉为车，黄金作印，不恋休呵。争如对酒当歌。人是人非恁么。年少甘罗，老成吕望，必竟如何。

——《柳梢青（碧云风月无多）》

数年间，他辗转多地，虽有辞官之心，却勤于政事，颇有政绩。

在平江，他严惩奸商，收缴谷粟万石，次年吴中大旱，百姓颗粒无收，全凭这批粮食，灾民无一饿死。

在潭州，他雷厉风行，果敢严峻，所有案件，都限时办结，“庭无滞讼，民无怨声”。离任当天，全城父老乡亲，都自发集于城门，夹道相送。

在荆南，他以双亲年迈为由，连递数篇辞呈，归心似箭，只争朝夕，但仍然兴修水利，防洪筑堤，让荆州从此远离水患。同时设置万盈仓，储备战时用粮。

八个月后，张孝祥终于获得朝廷恩准，卸任官职，壮年致仕。

回到第二故乡芜湖，布衣之身的张孝祥，依旧不忘造福百姓，捐出田产百亩，汇而成湖。由于水清可鉴，形似圆镜，故名“镜湖”。

时至今日，“镜湖细柳”仍是“芜湖八景”之一。

1170 年夏，同榜进士、宰相虞允文因公到访芜湖。张孝祥盛情款待，与好友对酌于江上，并相互约定，待中原光复之日，再行相聚。

遗憾的是，虞允文离开芜湖当日，张孝祥便身患急症，暴病而亡，时年三十八岁。

消息传至京师，孝宗痛惜不已，连连扼腕，大呼“用才不尽”。

其实，即便张孝祥在世，主战与求和派党争不止，毕生都在力主抗金的英雄，又安有用武之地?

## | 四 |

张孝祥的文坛偶像，是北宋大家苏东坡。

每有新词写成，他都会询问下人，而且一脸认真：“与东坡相比，如何？”

作为下人，这个答案，肯定只有一个选项，那就是“赛东坡”。

客观而言，英年早逝的张孝祥，无论是作品的产量，还是精品量，肯定都不及苏轼，但有一首杰作，却可与东坡平分秋色：

洞庭青草，近中秋、更无一点风色。玉鉴琼田三万顷，着我扁舟一叶。素月分辉，明河共影，表里俱澄澈。悠然心会，妙处难与君说。

应念岭海经年，孤光自照，肝胆皆冰雪。短发萧疏襟袖冷，稳泛沧溟空阔。尽吸西江，细斟北斗，万象为宾客。扣舷独啸，不知今夕何夕。

——《念奴娇·过洞庭》

人言："中秋词，自东坡《水调歌头》一出，余词尽废。"

但这篇《念奴娇》，意境深远，想象瑰丽，与苏词相比，竟毫不逊色，甚至略有过之：

飘飘有凌云之气，觉东坡《水调》犹有尘心。

——王闿运《湘绮楼词选》

难怪后世的汤衡曾说："自苏轼仙去，能继其轨者，非张孝祥其谁与哉？"

张孝祥的词，不仅完美继承和发扬了东坡的"豪"与"放"，对后来的"稼轩体"，也有开启之功，特别是"我欲乘风去，击楫誓中流""欲吐平生孤愤，壮气横秋"之句，慷慨激昂，激烈悲壮，对整个辛派词人，都影响颇深。

从这个意义上说，张孝祥对豪放词的发展，功不可没：

从东坡到稼轩，其间的桥梁则是张孝祥。

——袁行霈

荷尽已无擎雨盖，菊残犹有傲霜枝。
一年好景君须记，正是橙黄橘绿时。
——[宋]苏轼《赠刘景文》

槛菊愁烟兰泣露。罗幕轻寒，燕子双飞去。
明月不谙离恨苦，斜光到晓穿朱户。
昨夜西风凋碧树。独上高楼，望尽天涯路。
欲寄彩笺兼尺素，山长水阔知何处？
——［宋］晏殊《蝶恋花》

今宵酒醒何处？杨柳岸，晓风残月。
此去经年，应是良辰好景虚设。
便纵有千种风情，更与何人说？
——［宋］柳永《雨霖铃》

# 辛弃疾

从来诗剑最风流，何须赋词强说愁

## | 一 |

南宋淳熙年间，罢官多年的辛弃疾，夜归途中，看着眼前的如画风景，随口就吟出了一首小令：

明月别枝惊鹊，清风半夜鸣蝉。稻花香里说丰年，听取蛙声一片。

七八个星天外，两三点雨山前。旧时茅店社林边，路转溪桥忽见。

——《西江月·夜行黄沙道中》

仆人连连点赞："此词甚为精妙，老爷的功力又见长进啊。"

辛弃疾摇头："老夫不在乎这个，你是知道的。"

"对对对。"仆人转移了话题，"想当年，金戈铁马，气吞万里如虎……"

"停停停。"辛弃疾连忙打住，"纵是英雄，也已迟暮。廉颇老矣，何必再提。"

不过仆人的提醒，却激起了老辛的万丈豪情。

"叮——"一声龙吟，辛弃疾长剑出鞘，跃进了路旁的草坪。

星空下，随即绽放出一簇一簇绚丽的剑花。

刀光剑影中，年过半百的辛弃疾，仿佛又回到了那段热血生涯。

## | 二 |

公元 1161 年，辛弃疾二十一岁。

身在沦陷区的他，悄悄拉起两千人马，加入了山东人耿京的起义大军。

但耿老大的队伍只是乌合之众，无名无分，粮草不足，装备不精，纵有满腔热情，也弄不出太大的动静。

思考良久，耿京决定，让辛弃疾作为代表，与南宋朝廷联系，准备内外夹击，给金人来个措手不及。

宋高宗大喜，立即下旨，分封耿京、辛弃疾，将义军编入了南宋部队的大家庭。

肩负着天子的厚望和朝廷的重托，辛少侠星夜兼程，从临安赶往泉城。

却在途中接到消息，叛徒张安国杀死耿京，带着半数军队，投靠了金人。

辛弃疾连忙跑到驻地，看到十万大军已作鸟兽散，留在营地的，不到五十人。

情急之下，辛弃疾带着这五十人，连夜杀进了敌军的阵营。

霜冷露寒，人仰马翻。

哀嚎遍野，尸积如山。

最终，辛弃疾一行五十人，在五万人的大军中，抓住叛徒张安国，将其押回了建康城。

这就厉害了。

壮声英概，儒士为之兴起！圣天子一见三叹息。

——宋·洪迈《稼轩记》

千百年来，有多少手无缚鸡之力的书生，还有力拔山兮气盖世的将军，都是跪着听完这段传奇的。

就连辛弃疾本人，多年后回忆起这段经历，也对自己佩服得五体投地：

壮岁旌旗拥万夫，锦襜突骑渡江初。燕兵夜娖银胡𩨋，汉箭朝飞金仆姑。

追往事，叹今吾，春风不染白髭须。却将万字平戎策。换得东家种树书。

——《鹧鸪天·有客慨然谈功名，因追念少年时事，戏作》

## | 三 |

辛弃疾一战成名，人气爆棚，支持者众。按理说，这样的人才，必当重用。

没想到，最终的结果却是，辛弃疾被任命为江阴签判。

让一个武林高手负责处理州府公文，举国沸腾，群情激奋。

百姓都心如明镜：这朝廷是不敢、也不想抗金啊。

面对亿万子民的质疑，宋高宗赵构却置之不理，甚至将皇位传给了继子赵昚，自己则躲进后宫，写写画画，好不潇洒。

新上任的宋孝宗，被后世誉为全宋最有作为的帝王。

山河破碎，金贼猖獗。登基首日，孝宗便立下誓言：“统一南北，收拾河山。”

一个月后，朝廷派出了主战派大臣张浚，率领数十万大军，与金人决战于宿州符离。

张浚身先士卒，将士奋勇杀敌，百姓众志成城，但仍然改变不了全线溃败的命运，南宋几十万大军，仅生还千余人。

战报传回京城，孝宗皇帝全身发软，从此不敢再战。

正在江阴的辛弃疾，听说宋军大败，朝廷对金俯首称臣，心潮澎湃，难以平静，写下《美芹十论》，分析军事形势，查摆失利原因，提出改进措施，希望大宋君臣重拾信心，再度伐金。

孝宗收到后，只是淡淡一笑，未置可否。辛弃疾的一番苦心，就此付诸东流。

1168年，辛弃疾任期已满，调任建康府担任通判，一个签判2.0版的职位。

毫无疑问，辛弃疾对此没有任何兴趣，闲暇之余，便经常填词写赋。

官场应和，慷慨激昂：

千里渥洼种，名动帝王家。金銮当日奏草，落笔万龙蛇。带得无边春下，等待江山都老，教看鬓方鸦。莫管钱流地，且拟醉黄花。

唤双成，歌弄玉，舞绿华。一觞为饮千岁，江海吸流霞。闻道清都帝所，要挽银河仙浪，西北洗胡沙。回首日边去，云里认飞车。

——《水调歌头·寿赵漕介庵》

鹏翼垂空，笑人世、苍然无物。还又向、九重深处，玉阶山立。袖里珍奇光五色，他年要补天西北。且归来、谈笑护长江，波澄碧。

佳丽地，文章伯。金缕唱，红牙拍。看尊前飞下，日边消息。料想宝香黄阁梦，依然画舫青溪笛。待如今、端的约钟山，长相识。

——《满江红·建康史帅致道留守席上赋》

登临远眺，却倍感惆怅：

楚天千里清秋，水随天去秋无际。遥岑远目，献愁供恨，玉簪螺髻。落日楼头，断鸿声里，江南游子。把吴钩看了，栏杆拍遍，无人会，登临意。

休说鲈鱼堪脍，尽西风，季鹰归未？求田问舍，怕应羞见，刘郎才气。可惜流年，忧愁风雨，树犹如此！倩何人唤取，红巾翠袖，揾英雄泪！

——《水龙吟·登建康赏心亭》

我来吊古，上危楼、赢得闲愁千斛。虎踞龙蟠何处是，只有兴亡满目。柳外斜阳，水边归鸟，陇上吹乔木。片帆西去，一声谁喷霜竹。

却忆安石风流，东山岁晚，泪落哀筝曲。儿辈功名都付与，长日惟消棋局。宝镜难寻，碧云将暮，谁劝杯中绿。江头风怒，朝来波浪翻屋。

——《念奴娇·登建康赏心亭，呈史留守致道》

辛弃疾在诗词创作上的影响力，再一次成功引起了朝廷的注意。

1170 年，宋孝宗传旨召见辛弃疾。

为了这一次拜见，辛弃疾准备得相当充分，也充满了信心，从战事素材的收集，到着装的礼仪，再到说话的语气，都考虑得非常仔细，甚至哪一句该重音，哪一处该停顿，他都一一做了标记。

遗憾的是，他提出的“阻江为险，须藉两淮”“练民兵以守淮”的观点，都没有被天子采纳。

好在时任宰相虞允文，颇为爱才，在他的积极争取下，辛弃疾还是留在了临安，担任司农寺主簿，负责后勤事务和粮农事宜。

辛弃疾心有不甘，又写下《九议》，就朝廷选人用人、国防建设、迁都选址、民族团结等献计献策，依旧石沉大海，杳无音讯。

怀才不遇，壮志未酬，自然会在浅斟低唱间流露：

直节堂堂，看夹道冠缨拱立。渐翠谷、群仙东下，佩环声急。谁信天峰飞堕地，傍湖千丈开青壁。是当年、玉斧削方壶，无人识。

山木润，琅玕湿。秋露下，琼珠滴。向危亭横跨，玉渊澄碧。醉舞且摇鸾凤影，浩歌莫遣鱼龙泣。恨此中、风物本吾家，今为客。

——《满江红·题冷泉亭》

此后数十年间，辛弃疾曾多次回临安任职，但时间大都比较短暂，且屡不得志，郁郁寡欢，唯一能够聊以慰藉的，还是听曲填词。

这年的元宵节，临安城内火树银花，异常繁华。或许是有了一场艳遇，也或许只是一种隐喻，赏灯归来的辛弃疾，写下了这首《青玉案·元夕》：

东风夜放花千树，更吹落，星如雨。宝马雕车香满路。凤箫声动，玉壶光转，一夜鱼龙舞。

蛾儿雪柳黄金缕，笑语盈盈暗香去。众里寻他千百度，蓦然回首，那人却在，灯火阑珊处。

1172年，辛弃疾担任滁州刺史。

面对十室九空、流民四窜的滁州，辛弃疾减税免役、兴修房屋和水利，并出台新政，外地客商来滁，可减免税赋十分之七。

一时间，各地客商云集，短短几个月，滁州的经济便恢复了元气。

商人多了，税收总量也就上来了。

辛弃疾利用这笔钱，雇佣百姓烧瓦伐木，兴建客栈酒馆，改善外地商贩和旅客的吃住条件，如此，商旅更多，交易日盛。

接着，辛弃疾又用了三个多月的时间，建起了“奠枕楼”，供滁州的百姓聚会宴游。

你没看错，今天我们大力倡导的招商引资、发展第三产业、关注民生福利，辛大人早就在做了。

不到半年的时间，滁州便天翻地覆。

流逋四来，商旅毕集，人情愉愉，上下绥泰，乐生兴事，民用富庶。城邑清明，闾阎繁夥，荒陋之气，一洗而空。

——[宋]崔敦礼《代严子文滁州奠枕楼记》

对于自己在滁州的政绩，辛弃疾很是满意。

多年后，他重返故地，站在奠枕楼上，看到滁州城内人潮拥挤，川流不息，内心十分欢喜：

征埃成阵，行客相逢，都道幻出层楼。指点檐牙高处，浪拥云浮。今年太平万里，罢长淮、千骑临秋。凭栏望，有东南佳气，西北神州。

千古怀嵩人去，应笑我、身在楚尾吴头。看取弓刀，陌上车马如流。从今赏心乐事，剩安排、酒令诗筹。华胥梦，愿年年、人似旧游。

——《滁州旅次登奠枕楼作和李清宇韵》

忙于政务，诗词创作自然有所耽误。滁州期间，除了几首送别词，辛弃疾少有精品问世：

老来情味减，对别酒，怯流年。况屈指中秋，十分好月，不照人圆。无情水都不管，共西风、只管送归船。秋晚莼鲈江上，夜深儿女灯前。

征衫，便好去朝天，玉殿正思贤。想夜半承明，留教视草，却遣筹边。长安故人问我，道愁肠殢酒只依然。目断秋霄落雁，醉来时响空弦。

——《木兰花慢·滁州送范倅》

首次主政一方，辛弃疾便显示出卓越的政治才华，向朝廷交上了一份满意的答卷，也为自己的仕途写下了浓墨重彩的一笔。

但朝廷对辛弃疾的任用和调整，却毫无章法，让人头晕眼花。

此后六年间，辛弃疾辗转于皖、湘、鄂、赣等地，先后担任转任判官、知府、安抚使、大理寺少卿、转运副使和转运使等职，调任十余次。

在江西，遇“茶商军”作乱，辛弃疾凭借超人的胆识和智慧，成功诱杀匪首赖文政，立下大功一件，被朝廷加封“秘阁修撰”。

在湖南，为保一方安全，辛弃疾创建“飞虎军”，因筹建营房急需大量瓦片，便采用“众筹”方式，令百姓每户送瓦二十片，付款百文。如此，二十万瓦片，两日内凑齐，比“草船借箭”更有效率。

虽然仕途上很是得意，可辛弃疾念念不忘的，还是祖国尚未统一，同胞仍在分离。

这些年，他的词作不是抚今思昔，感伤不已：

郁孤台下清江水，中间多少行人泪。西北望长安，可怜无数山。

青山遮不住，毕竟东流去。江晚正愁予，山深闻鹧鸪。

——《菩萨蛮·书江西造口壁》

就是借古喻今，讽刺投降派的祸国殃民：

更能消、几番风雨。匆匆春又归去。惜春长恨花开早，何况落红无数。春且住。见说道、天涯芳草无归路。怨春不语。算只有殷勤，画檐蛛网，尽日惹飞絮。

长门事，准拟佳期又误。蛾眉曾有人妒。千金纵买相如赋，脉脉此情谁诉。君莫舞。君不见、玉环飞燕皆尘土。闲愁最苦。休去倚危楼，斜阳正在，烟柳断肠处。

——《摸鱼儿（更能消）》

或是以美人隐喻政治理想，诉说壮志难酬的苦闷：

野棠花落，又匆匆过了，清明时节。刬地东风欺客梦，一枕云屏寒怯。曲岸持觞，垂杨系马，此地曾轻别。楼空人去，旧游飞燕能说。

闻道绮陌东头，行人曾见，帘底纤纤月。旧恨春江流不断，新恨云山千叠。料得明朝，尊前重见，镜里花难折。也应惊问：近来多少华发？

——《念奴娇·书东流村壁》

## | 四 |

1181 年，因投降派的弹劾，辛弃疾被免官。此后十一年，他一直蛰居江西。

无官一身轻，辛弃疾的日常不是与友人诗文唱和，就是静享天伦之乐：

茅檐低小，溪上青青草。醉里吴音相媚好，白发谁家翁媪？

大儿锄豆溪东，中儿正织鸡笼。最喜小儿无赖，溪头卧剥莲蓬。

——《清平乐·村居》

但与陶渊明不同的是，老辛并不是真正的隐士，身在乡野，依旧心系庙堂：

少年不识愁滋味，爱上层楼。爱上层楼，为赋新词强说愁。

而今识尽愁滋味，欲说还休。欲说还休，却道天凉好个秋。

——《丑奴儿·书博山道中壁》

老大那堪说。似而今、元龙臭味，孟公瓜葛。我病君来高歌饮，惊散楼头飞雪。笑富贵千钧如发。硬语盘空谁来听？记当时、只有西窗月。重进酒，换鸣瑟。

事无两样人心别。问渠侬：神州毕竟，几番离合？汗血盐车无人顾，千里空收骏骨。正目断关河路绝。我最怜君中宵舞，道“男儿到死心如铁”。看试手，补天裂。

——《贺新郎·同父见和再用韵答之》

1192 年，五十二岁的辛弃疾再次被启用，提点福建路刑狱公事，不到三年，又因奸臣谗言被贬。

再次赋闲，长达九年。

醉里且贪欢笑，要愁那得工夫。近来始觉古人书。信着全无是处。

昨夜松边醉倒，问松"我醉何如"。只疑松动要来扶，以手推松曰"去"！

——《西江月·遣兴》

甚矣吾衰矣。怅平生、交游零落，只今余几。白发空垂三千丈，一笑人间万事。问何物、能令公喜。我见青山多妩媚，料青山、见我应如是。情与貌，略相似。

一尊搔首东窗里。想渊明、停云诗就，此时风味。江左沉酣求名者，岂识浊醪妙理。回首叫、云飞风起。不恨古人吾不见，恨古人、不见吾狂耳。知我者，二三子。

——《贺新郎（甚矣吾衰矣）》

1203年，韩侂胄拜相，六十三岁的辛弃疾，被授职绍兴知府兼浙东路安抚使，次年改任镇江知府。

正是在镇江的北固山上，辛弃疾写下了两首最为著名的怀古词：

何处望神州？满眼风光北固楼。千古兴亡多少事？悠悠。不尽长江滚滚流。

年少万兜鍪，坐断东南战未休。天下英雄谁敌手？曹刘。生子当如孙仲谋。

——《南乡子·登京口北固亭有怀》

千古江山，英雄无觅，孙仲谋处。舞榭歌台，风流总被，雨打风吹去。斜阳草树，寻常巷陌，人道寄奴曾住。想当年，金戈铁马，气吞万里如虎。

元嘉草草，封狼居胥，赢得仓皇北顾。四十三年，望中犹记，烽火扬州路。可堪回首，佛狸祠下，一片神鸦社鼓。凭谁问：廉颇老矣，尚能饭否？

——《永遇乐·京口北固亭怀古》

两年后，因与韩侂胄在战略战术上产生分歧，辛弃疾再次被贬，回到江西铅山。

不久，未听取老辛意见的韩侂胄，果然兵败。

此后，朝廷连续三次启用辛弃疾，给出的官职一次比一次大，从浙东安抚史，到江陵知府加龙图阁待制，再到兵部侍郎，辛弃疾均以病请辞。

直到第四次，宋宁宗下旨，任命辛弃疾为枢密院都承旨（副宰相），钦差昼夜兼程，一路狂奔，赶到铅山时，六十八岁的辛弃疾却已在弥留之际。

“杀贼——”用尽了全身的力气，辛弃疾喊出了人生中最后两个字，怀恨西去。

三十年后，金国为蒙古所灭，又四十年，南宋也亡于蒙古。

而这一切，辛弃疾早在滁州任上，便已做出了精准的预测：“仇虏六十年必亡，虏亡则中国之忧方大”。

## | 五 |

从来诗剑最风流，何须赋词强说愁。

在大宋的文人圈中，辛弃疾文武双全，能治善战，是历来最受欢迎的诗词大家之一。

是词人，“横绝六合，扫空万古，自有苍生以来所无。其秾纤绵密者，亦不在小晏、秦郎之下”。内容和题材上，政治哲理，爱情友情，田园风光，民俗人情，无所不能入词。形式和风格上，以豪放为主，“极英雄之气”，却也可婉约，可明媚，可柔情，可悲壮，不拘一格，自有特色。

是忠臣，“精忠大义，不在张浚、岳飞之下”，平生以气节自负，以功业自许，一生力主抗战，却未遇真伯乐，备受排挤，壮志难酬，报国无门。

正如《宋史・辛弃疾传》中的记载，读罢令人唏嘘不已：

咸淳年间，史馆校勘谢枋得，曾借宿辛弃疾墓旁的僧舍，竟听到大堂之上，有疾呼之声，像是在替辛弃疾鸣不平，从黄昏至深夜，一直未停。

谢枋得连夜秉烛，为辛弃疾写了一篇祭文，准备清晨到墓前祭奠。奇怪的是，文章写好后，疾呼之声，也同时停止。

我们还是更愿意，在下面的这首词里，再看一眼曾经叱咤风云的辛弃疾：

醉里挑灯看剑，梦回吹角连营。八百里分麾下炙，五十弦翻塞外声，沙场秋点兵。

马作的卢飞快，弓如霹雳弦惊。了却君王天下事，赢得生前身后名。可怜白发生！

——《破阵子·为陈同甫赋壮词以寄之》

# 文天祥

书 生 本 弱 ， 国 破 则 刚

## | 一 |

公元 1172 年，时任滁州太守的辛弃疾，曾上书朝廷，说不到六十年，金国肯定灭亡，然后宋朝将面临更大的忧患。

“噗——”收到奏折的宋孝宗，差点喷饭，“辛弃疾不是文韬武略、智勇双全吗，怎么会有如此谬论？”

就眼前的形势来说，辛弃疾的这则预言，确实有些超前。

大家都知道，有宋以来，金国才是最大的危害。

黄金、白银，珠宝、马匹，只要能哄大金开心，老赵家向来都是慷慨大方，有求必送，无求也送。

唯恐金国的一个喷嚏，会伤及南宋孱弱的身体。

后来的事实却证明，辛弃疾说的这句话，极具前瞻性和科学性。

1232 年，蒙古联合南宋，攻打金国。

金哀宗遣使入宋，提醒“唇齿相依，唇亡齿寒”，希望两国携手，一致抗蒙。

好歹是条建议，而且事关外交与国防，至少可以拿出来讨论一下。

但被金国霸凌多年的南宋，已被仇恨蒙蔽了双眼，早就想先辱之再灭之而后快，便愉快地拒绝了金国的请求。

两年后，大金灭亡，南宋失去了一道天然屏障，临安城里，已经嗅到了蒙古铁蹄的杀气。

刚赶走一头狼，又等来一只虎，被打脸的宋理宗，真是有苦说不出。

棋差一步，满盘皆输。数十年后，开封沦陷的剧情，又在临安重新上演。

尽管军民奋起抗争，宋朝终是灭于蒙古之手。

而在这场“南宋保卫战”中，担纲第一主力的，便是右丞相文天祥。

## | 二 |

1236 年，文天祥出生于江西庐陵（吉安）。

十岁时，他在乡祠中，看到欧阳修、杨邦义、胡铨等人的塑像，又听闻长辈讲起他们的事迹，不禁肃然起敬，在心里暗暗立誓，此生必当效仿先贤，日后也要立于此间。

从此，他便埋头苦读，备考科举。

1256 年，文天祥参加大考，一路过关斩将，终于闯进了殿试。答题时，他文思泉涌，洋洋洒洒，下笔万言，未改一字。

试卷呈到天子手里，被蒙古铁蹄震得头昏耳鸣、胆战心惊的宋理宗，疲惫不堪的双眼中，猛地射出一道精光。

他感兴趣的，不是策论的内容，而是考生的姓名："天祥，天祥，天之祥，宋之瑞，看来我大宋要转运啦！"

堂堂九五之尊，高兴得几乎乱了方寸。

倒是主考官王应麟，比较冷静，评价也算中肯："此文以史为鉴，论事切直，颇有古人忠义之风，朝廷得此人才，可喜可贺！"

理宗频频颔首，当场就把新科状元点给了文天祥，并让他改字"宋瑞"，希望这个夺魁的考生，能给日暮西山的南宋，带来一丝好运。

别嘲笑天子的幼稚，毕竟南宋的敌人，是横扫欧亚大陆的蒙古骑兵，但凡能看到一丝胜利的曙光，哪怕是来自战场以外的地方，理宗都会兴奋异常。

好在这个名天祥、字宋瑞的新榜进士，没有让朝廷失望，他穷尽一生，都在抗击元军，挽狂澜于既倒，扶大厦之将顷，虽未功成，却赤胆忠心，永照汗青。

## | 三 |

1259 年，蒙古举兵南下，直逼中原。

理宗吓得手忙脚乱，文武百官，也是慌作一团。

大太监董宋臣提议：按照祖上的传统，应将逃跑进行到底，皇上，咱迁都吧，一路向南，才有一时之安。

董宋臣位高权重，是理宗跟前的红人。他的意见，没有人敢行使否决权。

此时的文天祥，担任临海军节度判官，这是一个几乎没有品级的基层官员，却“越职言事”，反对迁都，并请求“斩杀奸佞，以稳定人心”。

结果可想而知，奏表送进朝廷，就像石沉大海，杳无音信，几个月过去了，董大爷还是那个董大爷，照样只手遮天，独揽大权。

文判官一气之下，干脆辞官回了老家。

但理宗依旧视他为大宋吉祥物，连续吃了几场败仗后，又匆忙下诏，恢复文天祥的公职，不久，又改为刑部郎官。

董宋臣则升任左班都知，成了太监首领，更加为天子所倚重。

饱读史书的文天祥深知宦官干政的危害，立即上书请奏，建议削去董宋臣之职，以免太监专权、内官误国。

没有任何意外，文天祥微弱的呐喊，又一次被董宋臣尖利的嗓门掩盖。

任职学士院时，宰相贾似道故意称病请辞，以此要挟朝廷。

理宗当然不允，特意让文天祥起草诏书，挽留这位“肱股之臣”。

耿直的文天祥早就看穿了贾似道的伎俩，便在诏书中故意百般讽刺，千般鄙视，硬是气得宰相大人假病变成了真病。

常和太监争高下，敢与宰相论短长，这位状元郎的仕途前景，不难想象。

随后数年间，文天祥屡被谏官弹劾，不是外放出京，就是降职减薪。

他倒是看得挺开，此处不留爷，自有留爷处，1272 年，三十七岁的文天祥，以壮年之身退休，然后闲居故里，准备终老乡野。

倒不是他傲气凌人，而是对这个朝廷实在失望透顶。

当时，襄阳告急，求援的军报如雪花般飞入京城。

如此重大军情，贾似道却隐瞒不报，只和歌妓舞女终日纵乐于西湖。

导致襄阳被围三年之后，朝廷才得知此事，简直荒唐之极。

## | 四 |

1273 年，文天祥再次被启用，任湖南提刑。次年，又改任赣州太守。同年，赵显即位，是为宋恭帝。

新皇年仅四岁，军政大权，仍系于贾似道一身。

在贾相爷的指挥下，边境的战局，简直不堪入目。

元军步步紧逼，宋军一退再退，不到两年，安庆和池州就相继沦陷，南宋岌岌可危。

朝廷急令各地兵马，前往临安勤王。但手握重兵的将领，竟无一人出兵进京。

身为文官的文天祥，却第一个响应，他变卖全部家产，用作粮饷军费，不出几天，就成功召集上万人。

朝廷得知后，马上任命他为江西安抚使，让文天祥火速进京。

临行前，朋友都劝他："蒙古三路大军同时逼进，你却只有一万乌合之众，这不是带着羊群与猛虎搏斗吗？"

文天祥却大义凛然："形势我当然清楚，但我朝立国三百余年，如今已到生死存亡的关头，就算自不量力，以身殉国，若能唤起更多人的报国之心，大宋或许可以保全，我也就死得其所了。"

淡烟枫叶路，细雨蓼花时。
宿雁半江画，寒蛩四壁诗。
少年成老大，吾道付逶迤。
终有剑心在，闻鸡坐欲驰。

——《夜坐》

到了临安，文天祥被任命为平江知府。

赴任之前，他向天子辞行，同时上书朝廷，直言宋朝消除藩镇，建立郡县，虽避免了军阀作乱，却削弱了军事力量，导致元军至一州则破一州，到一县就破一县。

建议将天下分为四镇，由都督负责统领，如此兵多力众，同心抗敌，夜以继日，再联合民间忠勇义士，必能击退元军。

但几百年的军事制度，岂能说改就改？

文天祥的这番提议，自然被宰相陈宜中、留梦炎之流，当成垃圾和笑料，丢进了废纸篓。

然而，真正沦为笑料的，反而是那些宰执之人。

元军攻下常州，逼近临安后，陈宜中、留梦炎竟先后弃城而逃，留下赵氏孤儿寡母，不管不顾。

文天祥临危受命，获任右丞相兼枢密使，统领一切军政事宜。

年纪轻轻，便位极人臣，文天祥却无半点高兴。

身后，是奄奄一息的南宋，身前，是距离京师不足三十里的蒙古大军。

临安城内的那点武力解决不了任何问题。

文天祥只得仿效战国策士，前往敌营游说，希望凭一己之力能让元军退兵。

接见他的，是蒙古宰相巴彦。

文天祥开门见山："大宋不是辽、金，没那么好欺负。"

"呦呵。"巴彦一愣，"大元铁骑，距离你们的天子，不到一日路程，还这么嘴硬？"

文天祥十分淡定："元军若想与宋为善，应先撤军百里，然后再讨论纳贡事宜，这样你们全身而退，不战而胜，实为上上之策。否则……"

"否则怎样？"巴彦满脸不屑。

"大宋的后方，仍有两淮、两浙和闽广。"文天祥有些激动，"那里有精兵良将，也有民间豪杰，就算你们攻下临安，迟早必会一败涂地。"

巴彦开始发怒："我说不过你，但可以杀了你。"

文天祥呵呵一笑："我是状元宰相，论功名与富贵，已经到达巅峰，与先贤相比，只差以死报国，还怕什么？"

巴彦无奈，只得将他扣下，然后发兵临安，逼迫恭帝退位，并让太后写下降书，至此，赵宋王朝正式结束。

文天祥听此噩耗，悲痛欲绝，深知既为亡国之臣，必将受尽屈辱，便留下遗书，从容交代后事，决定自尽殉国。

幸亏身边人提醒："恭帝的两个弟弟，吉王和信王，尚在闽广，大宋仍有希望，别着急赴死。"

文天祥这才改变主意，在押往燕京的途中，趁机从镇江逃出。

1276 年，吉王赵昰 [shì] 在福州即位，史称宋端宗。

不久，朝廷再拜文天祥为右相。

由于不屑与陈宜中同朝为官，他便自请外放，以同都督的身份，任职江西，带领多支义军，转战于宁都、永丰、抚州等地。

在赣州，文天祥遭遇敌军偷袭，队伍被打散，妻儿老小也全部落入敌手。

危急关头，监军赵时赏故意钻进官轿，被抓时谎称自己姓文，这才让文天祥得以脱身。

赵监军救下的，远不止文丞相一人。

当时有多位宋兵将领，都被元军俘虏。

赵时赏故意嘲笑敌人："这都是些小小的签厅官，抓住了有什么用？"

于是很多武将都被元军释放。

只有赵时赏一人，死在敌营。

文天祥收拾残兵，逃亡循州，驻扎在南岭。

此时的端宗，正在张世杰和陆秀夫的保护下，藏匿于南海附近。

年底，海上突起飓风，端宗落水染病，半年后病故，七岁的赵昺 [bǐng] 继位，是为宋幼主。

文天祥被派往潮州，一边剿灭盗匪，一边抗击元军。

不料，匪首陈懿竟勾结元将张弘范，打得宋军措手不及。

文天祥自杀未遂，又被押至蒙古军中。

张弘范让他写信，劝降张世杰和陆秀夫，文天祥断然拒绝："自己不能保护家人，却唆使别人背叛父母，有这个可能吗？"

张弘范仍不罢休，一直向他索要劝降信。

文天祥接过纸笔，却写下了早前所作的一首七律：

辛苦遭逢起一经，干戈寥落四周星。
山河破碎风飘絮，身世浮沉雨打萍。
惶恐滩头说惶恐，零丁洋里叹零丁。
人生自古谁无死？留取丹心照汗青。

这便是千古绝唱《过零丁洋》，张弘范看过之后，打消了劝降的念头，从此看守更加严密，对文天祥也愈加敬重。

1279年，张弘范对迁往崖山的南宋小朝廷，下达了总攻令。

宋军人心涣散，加之水土不服，毫无招架之力，迅速溃败。

陆秀夫不愿徽钦二帝、恭宗母子被俘北上的惨剧重演，毅然让妻子儿女先行沉海，自己则背着年仅八岁的赵昺，在崖山跳海而亡。

随后，太妃及赵宋皇族八百余人相继投水，另有十万军民拒不降元，全都跳入海中，以身殉国，南宋彻底灭亡。

在元朝的庆功宴上，张弘范特意让文天祥坐在首席，并再次动之以情，晓之以"利"："如今南宋已亡，丞相忠孝已尽，再无遗憾。何不事奉大元天子，继续做丞相？”

文天祥痛哭流涕：“身为臣子，不能拯救国家，已是罪孽深重，岂敢再生二心？”

这般忠义，让张弘范敬佩不已。

随后，他派专人照顾文天祥，将他送往京都。

一路上，文天祥为求一死，连续绝食八天，却未能如愿：

梅花南北路，风雨湿征衣。

出岭同谁出？归乡如不归！

山河千古在，城郭一时非。

饿死真吾志，梦中行采薇。

——《南安军》

## | 五 |

抵达燕京后，元朝对他百般照顾，送的是美酒佳肴，铺的是绫罗绸缎，但文天祥粒米不进，片刻不寝，每日都是坐等天明。

失节的留梦炎前来诱降，他劈头就是一顿痛骂。

降元的宋恭帝好言相劝，他嚎啕大哭，面南而拜，只求圣上回驾，不言其他。

元人知道，文天祥绝无变节可能，便将他从驿馆押往监狱，锁于一室，防范甚严。

丞相博罗，将军张弘范，以及元朝其他高官，先后前来察看，文天祥始终昂首挺胸，拒不跪拜。

博罗问他有没有想说的话。

文天祥冷静作答：“自古有兴必有废，我是大宋宰相，国家已亡，依职当死，夫复何言？”

博罗心里顿生敬意，却有意要挫他的锐气：“德祐（宋恭帝）是不是君王？”

文天祥点头称是。

博罗质问：“弃国君而另立二王（端宗、幼主），你算什么忠臣？”

文天祥据理力争：“恭帝不幸失国，此时社稷为重，君王为轻。靖康之后，随徽、钦二帝北上的，不是忠臣良将，拥立高宗的，才是国之栋梁。”

博罗又问：“那立了二王，为何大事未成？”

文天祥长叹一声：“立君以救国，是臣子本分。是否功成，都是天数。父母重病，明知无救，身为子女，岂能不用医药？今日只求一死，何必多言。”

博罗果然闭口不言，从此便将文天祥囚禁四年，既不放，也不杀。

悲愤绝望之余，文天祥便用另一种形式，与元人抗争。

正是在燕京的狱中，他写下了“慷慨凄恻”的《正气歌》：

天地有正气，杂然赋流形。

……

在齐太史简，在晋董狐笔。

在秦张良椎，在汉苏武节。

为严将军头，为嵇侍中血。

为张睢阳齿，为颜常山舌。

或为辽东帽，清操厉冰雪。

或为出师表，鬼神泣壮烈。

或为渡江楫，慷慨吞胡羯。

或为击贼笏，逆竖头破裂。

是气所磅礴，凛烈万古存。

……

哲人日已远，典刑在夙昔。

风檐展书读，古道照颜色。

诗作传出监狱，过目之人，无不敬佩他的铮铮铁骨。

元朝的多位重臣，纷纷上书求情，希望释放文天祥，将其贬为庶民。

唯独南宋过来的留梦炎，表示坚决反对：“你们忘了他在赣州举兵、在镇江脱身的事吗？”

此事便不了了之。

1282年，元世祖召见文天祥，最后一次劝降：“你用事奉宋朝的忠诚，来事奉大元，朕必当拜你为相。”

文天祥依然坚称“忠臣不事二主”，拒绝得斩钉截铁。

元世祖很是失望，犹豫再三后，终究还是下令处死文天祥。

十二月初九，狱中的文天祥，从容赴死，时年四十七岁。

## | 六 |

文天祥是著名的政治家和文学家，与陆秀夫、张世杰一起，并称“宋末三杰”。

他只是一介书生，却在乱世中，凭借一己之力，募得数万精兵，南征北战，勤王抗元，数起数败，忠贞不改。

书生本弱，国破则刚。天要灭宋，为之奈何。

他的心里，只有家国天下，笔下的诗词，不是慷慨激昂然之句，就是悲壮沉痛之言，很少有缱绻悱恻、绮丽明艳之语：

几日随风北海游，回从扬子大江头。

臣心一片磁针石，不指南方不肯休。

——《扬子江》

乾坤能大，算蛟龙元不是池中物。风雨牢愁无著处，那更寒蛩四壁。横槊题诗，登楼作赋，万事空中雪。江流如此，方来还有英杰。

堪笑一叶漂零，重来淮水，正凉风新发。镜里朱颜都变尽，只有丹心难灭。去去龙沙，江山回首，一线青如发。故人应念，杜鹃枝上残月。

——《酹江月·和友驿中言别》

他的忠贞之志，不是“出于一时之激”，乃是“久而弥励”。

临刑之前，文天祥曾留下绝命书，系在衣带间：

孔曰成仁，孟曰取义。

惟其义尽，所以仁至。

读圣贤书，所学何事？

而今而后，庶几无愧。

即便是元朝君臣，看过之后，也是唏嘘不已，痛惜良久。

后世诸多名人，对文天祥的一身正气，更是仰慕之极：

南人无如天祥者。

——[元]王积翁

擎天者，文天祥。

——[明]蒋一葵

忠臣所在之国，其国虽亡，犹凛凛有生气。

——孙毓修

这便是文天祥，舍生取义，绝不苟全，孤忠大节，万古流传。

# 桃李春风一杯酒：唐朝诗人篇

# 在狱咏蝉·骆宾王

西陆蝉声唱，南冠客思深。
不堪玄鬓影，来对白头吟。
露重飞难进，风多响易沉。
无人信高洁，谁为表予心？

西陆蝉声唱，南冠客思深。
不堪玄鬓影，来对白头吟。
露重飞难进，风多响易沉。
无人信高洁，谁为表予心？

# 送杜少府之任蜀川

王勃

城阙辅三秦，风烟望五津。
与君离别意，同是宦游人。
海内存知己，天涯若比邻。
无为在歧路，儿女共沾巾。

城阙辅三秦，风烟望五津。
与君离别意，同是宦游人。
海内存知己，天涯若比邻。
无为在歧路，儿女共沾巾。

## 滕王阁诗·王勃

滕王高阁临江渚，佩玉鸣鸾罢歌舞。
画栋朝飞南浦云，珠帘暮卷西山雨。
闲云潭影日悠悠，物换星移几度秋。
阁中帝子今何在？槛外长江空自流。

滕王高阁临江渚，佩玉鸣鸾罢歌舞。
画栋朝飞南浦云，珠帘暮卷西山雨。
闲云潭影日悠悠，物换星移几度秋。
阁中帝子今何在？槛外长江空自流。

## 题大庾岭北驿·宋之问

阳月南飞雁，传闻至此回。
我行殊未已，何日复归来？
江静潮初落，林昏瘴不开。
明朝望乡处，应见陇头梅。

阳月南飞雁，传闻至此回。
我行殊未已，何日复归来？
江静潮初落，林昏瘴不开。
明朝望乡处，应见陇头梅。

## 感遇三十八首（其二）· 陈子昂

兰若生春夏，芊蔚何青青！
幽独空林色，朱蕤冒紫茎。
迟迟白日晚，袅袅秋风生。
岁华尽摇落，芳意竟何成！

兰若生春夏，芊蔚何青青！
幽独空林色，朱蕤冒紫茎。
迟迟白日晚，袅袅秋风生。
岁华尽摇落，芳意竟何成！

## 凉州词·王之涣

黄河远上白云间，
一片孤城万仞山。
羌笛何须怨杨柳，
春风不度玉门关。

黄河远上白云间，
一片孤城万仞山。
羌笛何须怨杨柳，
春风不度玉门关。

# 过故人庄

孟浩然

故人具鸡黍，邀我至田家。
绿树村边合，青山郭外斜。
开轩面场圃，把酒话桑麻。
待到重阳日，还来就菊花。

故人具鸡黍，邀我至田家。
绿树村边合，青山郭外斜。
开轩面场圃，把酒话桑麻。
待到重阳日，还来就菊花。

## 望洞庭湖赠张丞相·孟浩然

八月湖水平，涵虚混太清。
气蒸云梦泽，波撼岳阳城。
欲济无舟楫，端居耻圣明。
坐观垂钓者，徒有羡鱼情。

八月湖水平，涵虚混太清。
气蒸云梦泽，波撼岳阳城。
欲济无舟楫，端居耻圣明。
坐观垂钓者，徒有羡鱼情。

# 山居秋暝·王维

空山新雨后，天气晚来秋。
明月松间照，清泉石上流。
竹喧归浣女，莲动下渔舟。
随意春芳歇，王孙自可留。

空山新雨后，天气晚来秋。
明月松间照，清泉石上流。
竹喧归浣女，莲动下渔舟。
随意春芳歇，王孙自可留。

# 使至塞上

王维

单车欲问边，属国过居延。
征蓬出汉塞，归雁入胡天。
大漠孤烟直，长河落日圆。
萧关逢候骑，都护在燕然。

单车欲问边，属国过居延。
征蓬出汉塞，归雁入胡天。
大漠孤烟直，长河落日圆。
萧关逢候骑，都护在燕然。

## 登金陵凤凰台

· 李白

凤凰台上凤凰游，凤去台空江自流。
吴宫花草埋幽径，晋代衣冠成古丘。
三山半落青天外，一水中分白鹭洲。
总为浮云能蔽日，长安不见使人愁。

凤凰台上凤凰游，凤去台空江自流。
吴宫花草埋幽径，晋代衣冠成古丘。
三山半落青天外，一水中分白鹭洲。
总为浮云能蔽日，长安不见使人愁。

## 春望·杜甫

国破山河在，城春草木深。
感时花溅泪，恨别鸟惊心。
烽火连三月，家书抵万金。
白头搔更短，浑欲不胜簪。

国破山河在，城春草木深。
感时花溅泪，恨别鸟惊心。
烽火连三月，家书抵万金。
白头搔更短，浑欲不胜簪。

## 行路难三首（其一）

· 李白

金樽清酒斗十千，玉盘珍羞直万钱。

停杯投箸不能食，拔剑四顾心茫然。

欲渡黄河冰塞川，将登太行雪满山。

闲来垂钓碧溪上，忽复乘舟梦日边。

行路难，行路难，多歧路，今安在？

长风破浪会有时，直挂云帆济沧海。

## 行路难三首（其一）

·李白

金樽清酒斗十千，玉盘珍羞直万钱。
停杯投箸不能食，拔剑四顾心茫然。
欲渡黄河冰塞川，将登太行雪满山。
闲来垂钓碧溪上，忽复乘舟梦日边。
行路难，行路难，多歧路，今安在？
长风破浪会有时，直挂云帆济沧海。

## 南陵别儿童入京 · 李白

白酒新熟山中归，黄鸡啄黍秋正肥。
呼童烹鸡酌白酒，儿女嬉笑牵人衣。
高歌取醉欲自慰，起舞落日争光辉。
游说万乘苦不早，著鞭跨马涉远道。
会稽愚妇轻买臣，余亦辞家西入秦。
仰天大笑出门去，我辈岂是蓬蒿人。

# 南陵别儿童入京

李白

白酒新熟山中归，黄鸡啄黍秋正肥。
呼童烹鸡酌白酒，儿女嬉笑牵人衣。
高歌取醉欲自慰，起舞落日争光辉。
游说万乘苦不早，著鞭跨马涉远道。
会稽愚妇轻买臣，余亦辞家西入秦。
仰天大笑出门去，我辈岂是蓬蒿人。

# 春夜喜雨·杜甫

好雨知时节，当春乃发生。
随风潜入夜，润物细无声。
野径云俱黑，江船火独明。
晓看红湿处，花重锦官城。

国破山河在，城春草木深。
感时花溅泪，恨别鸟惊心。
烽火连三月，家书抵万金。
白头搔更短，浑欲不胜簪。

# 蜀相 · 杜甫

丞相祠堂何处寻？锦官城外柏森森。
映阶碧草自春色，隔叶黄鹂空好音。
三顾频烦天下计，两朝开济老臣心。
出师未捷身先死，长使英雄泪满襟。

丞相祠堂何处寻？锦官城外柏森森。
映阶碧草自春色，隔叶黄鹂空好音。
三顾频烦天下计，两朝开济老臣心。
出师未捷身先死，长使英雄泪满襟。

## 左迁至蓝关示侄孙湘

·韩愈

一封朝奏九重天，夕贬潮州路八千。
欲为圣明除弊事，肯将衰朽惜残年！
云横秦岭家何在？雪拥蓝关马不前。
知汝远来应有意，好收吾骨瘴江边。

一封朝奏九重天，夕贬潮州路八千。
欲为圣明除弊事，肯将衰朽惜残年！
云横秦岭家何在？雪拥蓝关马不前。
知汝远来应有意，好收吾骨瘴江边。

# 酬乐天扬州初逢席上见赠·刘禹锡

巴山楚水凄凉地，二十三年弃置身。
怀旧空吟闻笛赋，到乡翻似烂柯人。
沉舟侧畔千帆过，病树前头万木春。
今日听君歌一曲，暂凭杯酒长精神。

巴山楚水凄凉地，二十三年弃置身。
怀旧空吟闻笛赋，到乡翻似烂柯人。
沉舟侧畔千帆过，病树前头万木春。
今日听君歌一曲，暂凭杯酒长精神。

## 卖炭翁·白居易

卖炭翁，伐薪烧炭南山中。
满面尘灰烟火色，两鬓苍苍十指黑。
卖炭得钱何所营？身上衣裳口中食。
可怜身上衣正单，心忧炭贱愿天寒。
夜来城外一尺雪，晓驾炭车辗冰辙。
牛困人饥日已高，市南门外泥中歇。
翩翩两骑来是谁？黄衣使者白衫儿。
手把文书口称敕，回车叱牛牵向北。
一车炭，千余斤，宫使驱将惜不得。
半匹红纱一丈绫，系向牛头充炭直。

# 卖炭翁

·白居易

卖炭翁，伐薪烧炭南山中。
满面尘灰烟火色，两鬓苍苍十指黑。
卖炭得钱何所营？身上衣裳口中食。
可怜身上衣正单，心忧炭贱愿天寒。
夜来城外一尺雪，晓驾炭车辗冰辙。
牛困人饥日已高，市南门外泥中歇。
翩翩两骑来是谁？黄衣使者白衫儿。
手把文书口称敕，回车叱牛牵向北。
一车炭，千余斤，宫使驱将惜不得。
半匹红纱一丈绫，系向牛头充炭直。

## 钱塘湖春行 · 白居易

孤山寺北贾亭西，水面初平云脚低。
几处早莺争暖树，谁家新燕啄春泥。
乱花渐欲迷人眼，浅草才能没马蹄。
最爱湖东行不足，绿杨阴里白沙堤。

孤山寺北贾亭西，水面初平云脚低。
几处早莺争暖树，谁家新燕啄春泥。
乱花渐欲迷人眼，浅草才能没马蹄。
最爱湖东行不足，绿杨阴里白沙堤。

## 溪居

柳宗元

久为簪组累，闲依农圃邻，
晓耕翻露草，来往不逢人，
幸此南夷谪。偶似山林客。
夜榜响溪石。长歌楚天碧。

久为簪组累，幸此南夷谪。
闲依农圃邻，偶似山林客。
晓耕翻露草，夜榜响溪石。
来往不逢人，长歌楚天碧。

# 题李凝幽居

贾岛

闲居少邻并，草径入荒园。
鸟宿池边树，僧敲月下门。
过桥分野色，移石动云根。
暂去还来此，幽期不负言。

闲居少邻并，草径入荒园。
鸟宿池边树，僧敲月下门。
过桥分野色，移石动云根。
暂去还来此，幽期不负言。

# 雁门太守行·李贺

黑云压城城欲摧，甲光向日金鳞开。
角声满天秋色里，塞上燕脂凝夜紫。
半卷红旗临易水，霜重鼓寒声不起。
报君黄金台上意，提携玉龙为君死。

黑云压城城欲摧，甲光向日金鳞开。
角声满天秋色里，塞上燕脂凝夜紫。
半卷红旗临易水，霜重鼓寒声不起。
报君黄金台上意，提携玉龙为君死。

## 清明·杜牧

清明时节雨纷纷，
路上行人欲断魂。
借问酒家何处有，
牧童遥指杏花村。

清明时节雨纷纷，
路上行人欲断魂。
借问酒家何处有，
牧童遥指杏花村。

## 瑶瑟怨·温庭筠

冰簟银床梦不成，
碧天如水夜云轻。
雁声远过潇湘去，
十二楼中月自明。

冰簟银床梦不成，
碧天如水夜云轻。
雁声远过潇湘去，
十二楼中月自明。

## 锦瑟 · 李商隐

锦瑟无端五十弦，一弦一柱思华年。
庄生晓梦迷蝴蝶，望帝春心托杜鹃。
沧海月明珠有泪，蓝田日暖玉生烟。
此情可待成追忆，只是当时已惘然。

锦瑟无端五十弦，一弦一柱思华年。
庄生晓梦迷蝴蝶，望帝春心托杜鹃。
沧海月明珠有泪，蓝田日暖玉生烟。
此情可待成追忆，只是当时已惘然。

## 无题

李商隐

昨夜星辰昨夜风，画楼西畔桂堂东。
身无彩凤双飞翼，心有灵犀一点通。
隔座送钩春酒暖，分曹射覆蜡灯红。
嗟余听鼓应官去，走马兰台类转蓬。

昨夜星辰昨夜风，画楼西畔桂堂东。
身无彩凤双飞翼，心有灵犀一点通。
隔座送钩春酒暖，分曹射覆蜡灯红。
嗟余听鼓应官去，走马兰台类转蓬。

# 梦里不知身是客：<br>宋朝词人篇

## 虞美人·李煜

春花秋月何时了？往事知多少。小楼昨夜又东风，故国不堪回首月明中。雕栏玉砌应犹在，只是朱颜改。问君能有几多愁？恰似一江春水向东流。

春花秋月何时了？往事知多少。小楼昨夜又东风，故国不堪回首月明中。雕栏玉砌应犹在，只是朱颜改。问君能有几多愁？恰似一江春水向东流。

# 浪淘沙令·李煜

帘外雨潺潺，春意阑珊。罗衾不耐五更寒。
梦里不知身是客，一晌贪欢。
独自莫凭栏，无限江山。别时容易见时难。
流水落花春去也，天上人间。

帘外雨潺潺，春意阑珊。罗衾不耐五更寒。
梦里不知身是客，一晌贪欢。
独自莫凭栏，无限江山。别时容易见时难。
流水落花春去也，天上人间。

## 渔家傲·范仲淹

塞下秋来风景异，衡阳雁去无留意。四面边声连角起。千嶂里，长烟落日孤城闭。浊酒一杯家万里，燕然未勒归无计。羌管悠悠霜满地。人不寐，将军白发征夫泪！

塞下秋来风景异，衡阳雁去无留意。四面边声连角起。千嶂里，长烟落日孤城闭。浊酒一杯家万里，燕然未勒归无计。羌管悠悠霜满地。人不寐，将军白发征夫泪！

## 苏幕遮·范仲淹

碧云天，黄叶地，秋色连波，波上寒烟翠。山映斜阳天接水，芳草无情，更在斜阳外。黯乡魂，追旅思，夜夜除非，好梦留人睡。明月楼高休独倚。酒入愁肠，化作相思泪。

碧云天，黄叶地，秋色连波，波上寒烟翠。山映斜阳天接水，芳草无情，更在斜阳外。黯乡魂，追旅思，夜夜除非，好梦留人睡。明月楼高休独倚。酒入愁肠，化作相思泪。

## 蝶恋花·柳永

伫倚危楼风细细。望极春愁，黯黯生天际。
草色烟光残照里。无言谁会凭阑意。
拟把疏狂图一醉。对酒当歌，强乐还无味。
衣带渐宽终不悔，为伊消得人憔悴。

伫倚危楼风细细。望极春愁，黯黯生天际。
草色烟光残照里。无言谁会凭阑意。
拟把疏狂图一醉。对酒当歌，强乐还无味。
衣带渐宽终不悔，为伊消得人憔悴。

## 浣溪沙·晏殊

一曲新词酒一杯，去年天气旧亭台。夕阳西下几时回？无可奈何花落去，似曾相识燕归来。小园香径独徘徊。

一曲新词酒一杯，去年天气旧亭台。夕阳西下几时回？无可奈何花落去，似曾相识燕归来。小园香径独徘徊。

## 鹤冲天·柳永

黄金榜上。偶失龙头望。明代暂遗贤，如何向。未遂风云便，争不恣狂荡。何须论得丧。才子词人，自是白衣卿相。烟花巷陌，依约丹青屏障。幸有意中人，堪寻访。且恁偎红倚翠，风流事、平生畅。青春都一饷。忍把浮名，换了浅斟低唱！

## 鹤冲天·柳永

黄金榜上。偶失龙头望。明代暂遗贤，如何向。未遂风云便，争不恣狂荡。何须论得丧。才子词人，自是白衣卿相。烟花巷陌，依约丹青屏障。幸有意中人，堪寻访。且恁偎红倚翠，风流事、平生畅。青春都一饷。忍把浮名，换了浅斟低唱！

## 雨霖铃 · 柳永

寒蝉凄切。对长亭晚，骤雨初歇。都门帐饮无绪，留恋处、兰舟催发。执手相看泪眼，竟无语凝噎。念去去、千里烟波，暮霭沉沉楚天阔。

多情自古伤离别，更那堪、冷落清秋节！今宵酒醒何处？杨柳岸、晓风残月。此去经年，应是良辰好景虚设。便纵有千种风情，更与何人说？

# 雨霖铃

· 柳永

寒蝉凄切。对长亭晚，骤雨初歇。都门帐饮无绪，留恋处、兰舟催发。执手相看泪眼，竟无语凝噎。念去去、千里烟波，暮霭沉沉楚天阔。

多情自古伤离别，更那堪、冷落清秋节！今宵酒醒何处？杨柳岸、晓风残月。此去经年，应是良辰好景虚设。便纵有千种风情，更与何人说？

## 玉楼春·春恨·晏殊

绿杨芳草长亭路，年少抛人容易去。
楼头残梦五更钟，花底离愁三月雨。
无情不似多情苦，一寸还成千万缕。
天涯地角有穷时，只有相思无尽处。

绿杨芳草长亭路，年少抛人容易去。
楼头残梦五更钟，花底离愁三月雨。
无情不似多情苦，一寸还成千万缕。
天涯地角有穷时，只有相思无尽处。

## 玉楼春 · 欧阳修

尊前拟把归期说。欲语春容先惨咽。
人生自是有情痴，此恨不关风与月。
离歌且莫翻新阕。一曲能教肠寸结。
直须看尽洛城花，始共春风容易别。

尊前拟把归期说。欲语春容先惨咽。
人生自是有情痴，此恨不关风与月。
离歌且莫翻新阕。一曲能教肠寸结。
直须看尽洛城花，始共春风容易别。

# 浪淘沙·欧阳修

把酒祝东风，且共从容。垂杨紫陌洛城东。总是当时携手处，游遍芳丛。聚散苦匆匆，此恨无穷。今年花胜去年红。可惜明年花更好，知与谁同？

把酒祝东风，且共从容。垂杨紫陌洛城东。总是当时携手处，游遍芳丛。聚散苦匆匆，此恨无穷。今年花胜去年红。可惜明年花更好，知与谁同？

## 蝶恋花 · 欧阳修

庭院深深深几许？杨柳堆烟，帘幕无重数。
玉勒雕鞍游冶处，楼高不见章台路。
雨横风狂三月暮。门掩黄昏，无计留春住。
泪眼问花花不语，乱红飞过秋千去。

庭院深深深几许？杨柳堆烟，帘幕无重数。
玉勒雕鞍游冶处，楼高不见章台路。
雨横风狂三月暮。门掩黄昏，无计留春住。
泪眼问花花不语，乱红飞过秋千去。

## 桂枝香 · 王安石

登临送目，正故国晚秋，天气初肃。千里澄江似练，翠峰如簇。归帆去棹残阳里，背西风酒旗斜矗。彩舟云淡，星河鹭起，画图难足。
念往昔，繁华竞逐，叹门外楼头，悲恨相续。千古凭高对此，谩嗟荣辱。六朝旧事随流水，但寒烟衰草凝绿。至今商女，时时犹唱，《后庭》遗曲。

## 桂枝香

王安石

登临送目，正故国晚秋，天气初肃。千里澄江似练，翠峰如簇。归帆去棹残阳里，背西风酒旗斜矗。彩舟云淡，星河鹭起，画图难足。

念往昔，繁华竞逐，叹门外楼头，悲恨相续。千古凭高对此，谩嗟荣辱。六朝旧事随流水，但寒烟衰草凝绿。至今商女，时时犹唱，《后庭》遗曲。

## 蝶恋花·晏几道

梦入江南烟水路，行尽江南，不与离人遇。
睡里消魂无说处，觉来惆怅消魂误。
欲尽此情书尺素，浮雁沉鱼，终了无凭据。
却倚缓弦歌别绪，断肠移破秦筝柱。

梦入江南烟水路，行尽江南，不与离人遇。
睡里消魂无说处，觉来惆怅消魂误。
欲尽此情书尺素，浮雁沉鱼，终了无凭据。
却倚缓弦歌别绪，断肠移破秦筝柱。

# 浣溪沙·苏轼

细雨斜风作晓寒，淡烟疏柳媚晴滩。入淮清洛渐漫漫。雪沫乳花浮午盏，蓼茸蒿笋试春盘。人间有味是清欢。

细雨斜风作晓寒，淡烟疏柳媚晴滩。入淮清洛渐漫漫。雪沫乳花浮午盏，蓼茸蒿笋试春盘。人间有味是清欢。

## 水调歌头·苏轼

明月几时有？把酒问青天。不知天上宫阙，今夕是何年。我欲乘风归去，又恐琼楼玉宇，高处不胜寒。起舞弄清影，何似在人间！

转朱阁，低绮户，照无眠。不应有恨，何事长向别时圆？人有悲欢离合，月有阴晴圆缺，此事古难全。但愿人长久，千里共婵娟。

水调歌头 · 苏轼

明月几时有？把酒问青天。不知天上宫阙，今夕是何年。我欲乘风归去，又恐琼楼玉宇，高处不胜寒。起舞弄清影，何似在人间！转朱阁，低绮户，照无眠。不应有恨，何事长向别时圆？人有悲欢离合，月有阴晴圆缺，此事古难全。但愿人长久，千里共婵娟。

## 清平乐·黄庭坚

春归何处？寂寞无行路。若有人知春去处，
唤取归来同住。
春无踪迹谁知？除非问取黄鹂。百啭无人
能解，因风飞过蔷薇。

春归何处？寂寞无行路。若有人知春去处，
唤取归来同住。
春无踪迹谁知？除非问取黄鹂。百啭无人
能解，因风飞过蔷薇。

## 鹊桥仙·秦观

纤云弄巧，飞星传恨，银汉迢迢暗度。
金风玉露一相逢，便胜却人间无数。
柔情似水，佳期如梦，忍顾鹊桥归路。
两情若是久长时，又岂在朝朝暮暮。

纤云弄巧，飞星传恨，银汉迢迢暗度。
金风玉露一相逢，便胜却人间无数。
柔情似水，佳期如梦，忍顾鹊桥归路。
两情若是久长时，又岂在朝朝暮暮。

## 苏幕遮·周邦彦

燎沈香，消溽暑。鸟雀呼晴，侵晓窥檐语。
叶上初阳干宿雨，水面清圆，一一风荷举。
故乡遥，何日去？家住吴门，久作长安旅。
五月渔郎相忆否？小楫轻舟，梦入芙蓉浦。

燎沈香，消溽暑。鸟雀呼晴，侵晓窥檐语。
叶上初阳干宿雨，水面清圆，一一风荷举。
故乡遥，何日去？家住吴门，久作长安旅。
五月渔郎相忆否？小楫轻舟，梦入芙蓉浦。

## 醉花阴 · 李清照

薄雾浓云愁永昼，瑞脑消金兽。佳节又重阳，
玉枕纱厨，半夜凉初透。
东篱把酒黄昏后，有暗香盈袖。莫道不销魂，
帘卷西风，人比黄花瘦。

薄雾浓云愁永昼，瑞脑消金兽。佳节又重阳，
玉枕纱厨，半夜凉初透。
东篱把酒黄昏后，有暗香盈袖。莫道不销魂，
帘卷西风，人比黄花瘦。

# 满江红·岳飞

怒发冲冠，凭栏处、潇潇雨歇。抬望眼，仰天长啸，壮怀激烈。三十功名尘与土，八千里路云和月。莫等闲、白了少年头，空悲切。

靖康耻，犹未雪。臣子恨，何时灭！驾长车，踏破贺兰山缺。壮志饥餐胡虏肉，笑谈渴饮匈奴血。待从头收拾旧山河，朝天阙。

## 满江红 · 岳飞

怒发冲冠，凭栏处、潇潇雨歇。抬望眼，
仰天长啸，壮怀激烈。三十功名尘与土，
八千里路云和月。莫等闲、白了少年头，
空悲切。
靖康耻，犹未雪。臣子恨，何时灭！驾
长车，踏破贺兰山缺。壮志饥餐胡虏肉，
笑谈渴饮匈奴血。待从头收拾旧山河，
朝天阙。

## 卜算子·咏梅·陆游

驿外断桥边，寂寞开无主。已是黄昏独自愁，
更著风和雨。
无意苦争春，一任群芳妒。零落成泥碾作尘，
只有香如故。

驿外断桥边，寂寞开无主。已是黄昏独自愁，
更著风和雨。
无意苦争春，一任群芳妒。零落成泥碾作尘，
只有香如故。

## 昭君怨·咏荷上雨·杨万里

午梦扁舟花底，香满西湖烟水。急雨打篷声，
梦初惊。
却是池荷跳雨，散了真珠还聚。聚作水银窝，
泻清波。

午梦扁舟花底，香满西湖烟水。急雨打篷声，
梦初惊。
却是池荷跳雨，散了真珠还聚。聚作水银窝，
泻清波。

## 水调歌头·和庞佑父·张孝祥

雪洗虏尘静，风约楚云留。何人为写悲壮，吹角古城楼。湖海平生豪气，关塞如今风景，剪烛看吴钩。剩喜燃犀处，骇浪与天浮。

忆当年，周与谢，富春秋。小乔初嫁，香囊未解，勋业故优游。赤壁矶头落照，肥水桥边衰草，渺渺唤人愁。我欲乘风去，击楫誓中流。

# 水调歌头·和庞佑父·张孝祥

雪洗虏尘静，风约楚云留。何人为写悲壮，吹角古城楼。湖海平生豪气，关塞如今风景，剪烛看吴钩。剩喜燃犀处，骇浪与天浮。

忆当年，周与谢，富春秋。小乔初嫁，香囊未解，勋业故优游。赤壁矶头落照，肥水桥边衰草，渺渺唤人愁。我欲乘风去，击楫誓中流。

# 青玉案·辛弃疾

东风夜放花千树，更吹落，星如雨。宝马雕车香满路。凤箫声动，玉壶光转，一夜鱼龙舞。蛾儿雪柳黄金缕，笑语盈盈暗香去。众里寻他千百度，蓦然回首，那人却在，灯火阑珊处。

东风夜放花千树，更吹落，星如雨。宝马雕车香满路。凤箫声动，玉壶光转，一夜鱼龙舞。蛾儿雪柳黄金缕，笑语盈盈暗香去。众里寻他千百度，蓦然回首，那人却在，灯火阑珊处。